补血草

尹学芸 著

中篇

天津出版传媒集团
百花文艺出版社

图书在版编目（CIP）数据

补血草 / 尹学芸著. -- 天津：百花文艺出版社，2020.6
（百花中篇小说丛书）
ISBN 978-7-5306-7905-0

Ⅰ. ①补… Ⅱ. ①尹… Ⅲ. ①中篇小说-中国-当代
Ⅳ. ①I247.5

中国版本图书馆 CIP 数据核字(2020)第 088483 号

补血草
BUXUECAO
尹学芸　著

出 版 人：薛印胜　**选题策划**：汪惠仁
编辑统筹：徐福伟　**责任编辑**：齐红霞
装帧设计：任　彦　**营销专员**：苏　依
出版发行：百花文艺出版社
地址：天津市和平区西康路 35 号　**邮编**：300051
电话传真：+86-22-23332651（发行部）
+86-22-23332656（总编室）
+86-22-23332478（邮购部）
网址：http://www.baihuawenyi.com
印刷：山东临沂新华印刷物流集团有限责任公司
开本：700×980 毫米　1/32
字数：48 千字
印张：4.625
版次：2020 年 6 月第 1 版
印次：2020 年 6 月第 1 次印刷
定价：28.00元

如有印装质量问题，请与山东临沂新华印刷物流集团有限责任公司联系调换
地址：山东省临沂市高新技术产业开发区新华路 1 号
电话：(0539)2925659　邮编：276017

尹学芸 / 作者

女，一九六四年生。著有长篇小说《岁月风尘》《菜根谣》、小说集《士别十年》《我的叔叔李海》《天堂向左》《分驴计》。曾获鲁迅文学奖、百花文学奖等国内文学大奖。

一

请好了假，屯屯回家换了套新衣服，打车去了城北的储蓄银行，在三楼办公室见到了桂行长。桂行长打发掉了所有的人才走过来，这期间已经过去了一个多小时。屯屯一直不安地看着他处理公务，脸上满是打搅了人的歉意。桂行长却始终没有看她。坐到了屯屯的对面，桂行长把小包装的茶叶撕开封口，小心地倒进紫砂壶里。屯屯注意看着桂行长的手，洁净、修长，像绘画或弹琴人的手。他的手比他的脸年轻很多，当然，他的脸也不老，只是不如他的手年轻。

屯屯在喉咙里喊了声哥哥，叹气样地，吹动了空气中的浮尘。

“哦？”似有感应，桂行长抬了一下头，镜片后的眼睛在她脸上停了大约半秒。

“今天怎么有空过来？”桂行长说得心不在焉。他端过来一盅茶，说这个是顶级金骏眉，朋友刚从福建捎来的。“你尝尝，喝得惯不？”

“好喝好喝。”屯屯蚊子样地应道。嘴唇遇到了烫茶，都还没怎么喝到嘴里。香气氤氲得鼻孔直痒，她忍住了一个喷嚏。

“你别紧张。”桂行长说，“你紧张的样子就像个小姑娘。”

“我是老姑娘了。”屯屯笑了下，白牙齿一晃，又不见了。说好的不紧张，其实还是紧张。屯屯抖了下肩膀，紧张似乎是浮尘，能够轻易抖落掉。“我请好假了。”屯屯说，“我要回北疆。”

桂行长意外地看了她一眼，问，什么时候走？屯屯说，马上。夜里八点多的火车。桂行长看了一下表，说，怎么不坐飞机？屯屯说，我习惯坐火车。桂行长说，不坐高铁？屯屯说，坐高铁要倒车，麻烦。桂行长说，我找人送你。屯屯说，不用。我回家收拾一下东西，然后就去长途车站，来得及。桂行长自己喝了口茶，似乎再无话可说。视线落在了茶盏里。洇了会儿，桂行长抬起头来说："家里有什么事吧？"

屯屯呼出一口长气，望向窗外。一大片白云在天空中急急行走，像鹅群一样。其中一只"鹅"明显脱离了队伍，在旁边浮游。我爸想我了，他最近身体可能不大好，一直喊我回去。屯屯小心地瞥了一眼桂行长，上次见他的时候是年节后，屯屯来送北疆的土特产。薰衣草精油、马肠、烤鸡蛋、葡萄干、胡杨林里长的蘑菇，几乎都是吃的用的。精油是女人用的，屯屯不说，桂行长自是明白。他说，这么沉，你把北疆背来了？

就是那次，屯屯告诉他，父亲得了直肠CA（肿瘤 cancer 的缩写）。发现的时候是在秋天，父亲说啥也不愿意做手术。后来是趁他昏迷的时候把手术做了，他便血便得已经不行了。想来桂行长是知道的，他没有问 CA 是什么。能当行长的人，天下的事没有什么不知道的。在屯屯眼里，他就是个天神一样的人物，无所不能。她看他的目光都是景仰。他当时这样问了句："精神……好吗？"省略了主语，他只关心精神。这让屯屯不以为然。屯屯笑着说："他想吃补血草，说我采的才管用。我知道他就是想哄我回去，想吃补血草，谁采还不一样呢？"

"补血草是什么？"桂行长开始变得专注。

桂行长去过新疆不止一次，南疆北疆都走过。他喜欢新疆的石头，和田玉、哈密玉、蛇纹玉、玛纳斯碧玉……那些坚硬的温润的生命和光泽，能让一颗心盈满水分……可他没听说过补血草，从没有人告诉过他。

屯屯说，补血草是一味中药。又叫黄花矶松和金匙叶草，有止痛、消炎、补血的功效。自从做了那次大手术，他总发脾气，说手术把他做坏了，说自己缺血。他捏着手腕说，因为没有血，血管像奎屯的河床一样，都瘪了。

这些是妈妈在电话里反复告诉她的。但屯屯留了个心眼儿，省略了“妈妈”两个字。

“其实他就是瘦的。”屯屯皱一下鼻翼，那里堆起了细碎的皱纹，把几粒细小的雀斑埋葬了。屯屯是一个玲珑细瘦的女人，小小的个子，典型的瓜子脸。谈起父亲，她的紧张消弭了，就像说一个淘气的孩子。“我今天从这里路过，顺便上来问问你，可有什么要捎的，或者，给小北带点什么？”

小北是桂行长的儿子，明年就要高考了。

屯屯的两只眼睛一眨不眨地看着桂行长，心里却在想这是个倒霉催的理由。想问这句话，电话里就能问，何苦大热的天跑上楼来。

“没有。”桂行长果断摇头，“他什么也不缺。你路上注意安全，到乌鲁木齐告诉我一声，到奎屯再告诉我一声。”

屯屯心里一阵凉一阵热，鸡啄米似的不知点了多少下头。她把包带放到肩上，站起了身。“那我先走了。”屯屯说，“哥放心吧。”

冲口而出，两人似乎都有些不自在。过去屯屯叫他桂主任，后来叫桂行长。几年前的晚上，遇见他们一家三口在一起散步。桂行长对儿子小北说，叫姑姑。妻子立马说，叫阿姨。屯屯僵住了，只是笑了笑。错过身去几步远，就听桂行长的妻子说，阿姨是官称……你怎么随便跟人套近乎？屯屯在路边的灯影下尾随他们走了几十米，桂行长说，她是下属。妻子说，下属就更应该有分寸。桂行长低垂着头，一副无可奈何的样子。她完全可以不遇见他们，是她想遇见。她想近距离地看看小北长什么样。事实是，当时小北站在树影里，她没看清。桂行长的妻子走路呈外八字，屯屯从小就知道，这样的走法是吃官饭的命，她是保险公司的副总，她的父亲曾经是埙城炙手可热的人物。桂二奎之所以能当行长，据说与其岳父也有干系。这些屯屯都是听同事说的，屯屯在邮政部门上班，管分拣包裹。那里女人成堆。女人成堆的地方八卦就多，没有什么秘密能瞒人，当然，屯屯的秘密除外。

桂行长走到办公桌前，拉开抽屉，拿出一个信封，立起来贴放在一只纸袋的内壁。正好秘书敲了下门，推开了一道缝。“桂行长，人都到齐了。”

桂行长说：“让人家再等几分钟。”

秘书应了一声，小心地关上房门。桂行长把纸袋递给屯屯，说，茶叶你留下。屯屯希冀地看着他，等他说下句话。他的话却说完了。屯屯的脸像小姑娘一样涨得通红，她觉得今天的自己很可疑，倒好像是专门为信封来的，那个信封很鼓。屯屯抱着纸袋往外走，羞愧得走路都要跌跟头。

她没有回头。感觉中，他在门口看自己，然后，急急推开了对面会议室的门。

二

屯屯的新衣服，其实就是一件雪纺连衣裙，上面开紫色的花，有点像补血草。在网上看见这件衣服时，屯屯心里一动，一刻都没迟疑，第一时间放进了“购物车”里。这大半年，屯屯的耳朵简直被磨出了茧子，妈妈总在说补血草，因为爸爸总怀疑自己的血管空了。“你出去看看，补血草出芽了吗？长骨朵儿了吗？开花了吗？”用补血草的花沏水，喝下去能直接流到血管里，变成O型血。这是爸爸做梦时，一位长着白胡子的长者告诉他的。从此，他就一心一意等。妈妈每次说起这些，屯屯都要抹一回眼泪。妈妈的脾气如河东狮吼，发起来地动山摇。不知什么时候改了性情，一句话来回说，一回比一回示弱。眼下是七月，北疆奎屯的七月，该是补血草在北坡上大面积开花的日子，爸爸却说妈妈采来的补血草不管用，“你让小美来，她采来的才管用。”

“大姐、二姐呢？”

“你就回来一趟吧！你爸说了，别人谁采也不管用！”

“我爸怎么样了？”

“他最近一直在医院里，几天不想吃喝，老说小美该回来了！”

“你把电话给我爸。”屯屯对着手机说，“爸，你要好好吃饭，听我妈的话，听大夫的话。我明天就去请假，争取能早一点赶回去，给你采补血草。”

听筒里却没有父亲的声音。屯屯又喊了两声：“爸，爸！”

妈妈说：“你听不见他说话，他声音小得像蚊子。”

“你让他吃饭呀！”屯屯着急。

妈妈说："你还不知道你爸的脾气？犟驴，你就随了他！"

屯屯喉头一哽，把电话挂了。

眼下屯屯倚在靠窗的位置上，感受着列车的风驰电掣。林木、灯火、黑黝黝的旷野成了一条线，在屯屯的眼前惶急地闪过。对面卧铺的女人一直在打电话，哇啦哇啦地说着家长里短。坐下，站起。站起，又坐下。收了线，她开始自言自语。被单旧，毯子薄，枕头一股汗油味。说一句，看屯屯一眼，她是想跟屯屯结成同盟。这是个耐不住寂寞的女人，有些肥胖，却长着削薄的嘴唇。头上是稀疏的发卷，泛着晦暗的光。屯屯不想接她的话，是因为屯屯需要安静地回味一些东西。从坝城到北京一路奔忙，途中大巴车出了点意外，剐蹭了一辆小汽车的屁股。紧赶慢赶上了火车，似乎还没站稳，列车就呜的一声开始鸣笛。

一颗心终于安稳，屯屯把行李安顿好，脱了鞋子把脚收到铺位上，整个身体呈“之”字形。两只胳膊趴在小方桌上，专心致志地看窗外。

“天黑了。”女人的搭讪是在表示不满。那意思是，乌漆麻黑的，能看见个啥？

屯屯歉意地回头笑了下，又恢复了拒绝交谈的姿势。

“茶叶你留下。”她心里依然叫他桂行长，这是一个郑重的称呼。

那，信封给谁？

这话他没有交代。如果也给屯屯，他没必要说“茶叶你留下”。

是有话外之音的。

那信封里，不多不少是一万元钱。从柜上新取的，紧实实地拦着封腰。屯屯掀起来看了看，都是连号的。

屯屯假装从那里过，却在楼下打了电话。接着，又去了趟洗手间。摆弄一下头发，擦掉额上的汗水，又扑了些粉。她不想那么潦草地面对他。对了，之前她还特意穿了条新裙子，虽然他既没注意屯屯的穿着也没注意她的脸。屯屯磨蹭的这一段时间，他却有了精心准备。是精心，屯屯很笃定。准备了，却没有多说话。他知道屯屯的爸爸得了直肠CA。这么多年，屯屯从不轻易找他。这次登门，他想屯屯应该有要紧的事，而不是像她说的，只是从这里路过，问给小北捎点啥。

“到乌鲁木齐告诉我一声，到奎屯再告诉我一声。”屯屯的紧张让他不忍。她紧张，他也不舒服。

这句话，却像架飞机在屯屯的脑子里轰鸣，似乎，还应该有弦外之音。是不是……到医院再告诉他一声？

这让屯屯振奋。她的胳膊肘支在跷起的二郎腿上，两只拳头顶着下巴，在隆隆的火车声中对自己说："这一趟，去得值。"在这之前，屯屯为去不去见桂行长简直伤透了脑筋。其实，每次去见桂行长都会伤透脑筋，包括给他送北疆的土特产，屯屯会想，他需要吗？他回家怎么解释？他会轻视这些东西吗？这些土特产，都是屯屯花大价钱买的，因为都是市面上最好的，每一朵蘑菇屯屯都会反复比较和挑选。色泽，大小，一点霉斑都不许有。人家不让选，屯屯就往上加钱，直加到人家无话可说。这事在屯屯心里有点神圣，不容许有丝毫瑕疵。然后便是千里迢迢背了来，像背着一个巨大的情感包裹。每次从新疆回来，她都要带这带那。干果、水果，甚至真空包装的牛羊肉，有一次，她带来了足有三十斤的烟熏小羊排，给他放到办公室就走了。屯屯刚到楼下，他的电话就追了来，粗暴地说，你干啥带这种东西?! 埙城也能吃到新疆的牛羊肉……你费那瞎劲干什么!屯屯想说话,却没提防抽了一下鼻子。三十斤,放到瘦小的屯屯身上,光是上车、下车、上楼……他知道自己的话重了,叹了一口气,让屯屯别走,晚上一起吃个饭。屯屯贴着墙根儿走,胆小得像只偷油的耗子。

屯屯的婚姻后来解体了。离了婚的屯屯有几年没有回新疆,也就有几年没有见桂行长。虽然同在一个邮政系统,却仿佛彼此毫无牵连。储蓄银行有了自己的办公楼,就像跟邮政分家了一样。屯屯租住在城北的建设公寓里,与华府小区隔了一条小马路。屯屯经常到华府小区里散步,那里花草繁茂,还有健身器材。每次从七号楼前经过,都要往上看一眼。七号楼是单独的一栋别墅,宽大的玻璃窗上倒贴着鲜红的“福”字。阳台上晾晒着衣物。朦胧的灯光里，映衬着暖洋洋的一幅生活图景。屯屯经常抬着头一望就是半天。她不走，月亮也不走。她形单影只站在那儿，就像别有企图。

她见桂行长需要理由，从北疆回来，就是最好的理由。

那是他第一次请屯屯吃饭。在埙城最高的一家旋转餐厅。坐到上面，能环视城市周围的夜景。他点了最贵的一种龙虾，剥出的肉全部放到了屯屯的盘子里。他给屯屯道歉，说不是不喜欢她的东西，相反，他很喜欢。只是，不想屯屯那么辛苦。交通这么便利，新疆有的东西，埙城也有，受那个累不划算。

“我又不是走来的，哪里就累死了。”屯屯有些负气，情不自禁地用手背去抹眼睛。他稍一示弱，屯屯的情绪就有些鼓胀。“当年我走来也没有觉得多辛苦，都是我心甘情愿的！”

他把纸巾叠得方方正正让她擦鼻涕眼泪，惊愕地听她讲出了第一次出疆的经历。

这些经历，屯屯从没对任何人说起过。她决意要出疆，誓死不回头，都是十八岁那年的事。一九八八年的夏天，高中毕业的陶小美从奎屯出发，来到了乌鲁木齐市。离开奎屯是她小时候的信念，走着离开也是信念之一，这都是她计划好的一部分。在乌鲁木齐市的电业局给黄板打了个电话。黄板是埙城人，在乌鲁木齐市附近的驻军地当兵。那一年他复员了。屯屯就是接到了他复员的消息，才义无反顾地要来埙城。他们是笔友，开始交往的时候，屯屯就知道了他的家在遥远的地方，那里或多或少与自己有些关系。就因为知道他是埙城人，屯屯才肯与他交往。

电话里，黄板却说不认识她。

陶小美说，我是新疆奎屯的，奎屯，你当真不记得奎屯了？话没说完，就呜呜哭了。

黄板赶紧说,奎……屯屯,屯屯我想起来了。屯屯你想来就来玩几天吧!

陶小美当即决定做个新人，给自己改名叫屯屯。

后来她才知道,黄板在部队喂猪,闲来没事就找杂志上的征友启事,像她这样的笔友,黄板有五个。难怪黄板每次写信要用复写纸,连称呼都不换,抬头称:我的。落款称:你的。既亲密又暧昧,能把人撩拨得心神摇荡。

那些信,屯屯外出割草都要带在身上。戈壁滩空旷辽阔,落日又大又圆。在夕阳底下看那些信,美丽的句子像补血草的花朵一样芬芳迷人。

屯屯从乌鲁木齐市走到北京用了四十三天,她扒过煤车,坐过邮车。其实,她有钱买车票,可她越来越享受这个状态。长到十八岁,这是第一次走这样长而有意义的路。这样的长途奔袭,不是为了自己，而是为了心中一种神圣的秘密。这样一条路，一直在她的梦里。从脚肿，到磨就了一副铁脚板，有时两三天都吃不上一顿热乎饭。她在北京甚至没工夫停留。京东的一个地方叫埙城，她打小就知道这样一个地方。离埙城三十里，有个村庄叫罕村，是他们的祖籍地，上学填表要填的地方。爸爸就在那里长大，一九五六年支边，他跟新婚三天的妻子来到了北疆。那个新婚三天的妻子，却不是屯屯的母亲。

就因为那个人不是屯屯的母亲，爸爸自打从罕村出来就再没回去过。有一次他去北京出差，拐到了埙城，却没有回罕村。

他从不提有关罕村的任何事。他的故事极其神秘。

从陶小美记事起，父母之间的战争就永无休止。妈妈嘶吼着让爸爸滚，滚回埙城，滚回罕村。这两个地名，就像长了翅膀在屋子里乱飞乱撞。两个姐姐把头藏到被子里，屁股可笑地撅到了外边，像两只圆溜溜的西瓜。妈妈熟练地一把扯下她们的裤子，巴掌就像拍在生瓜蛋子上，能把两瓣屁股拍肿。陶小美只有五岁多一点，不怕死样地双手背后贴在门板上，两只大眼睛乌溜溜地看妈妈。“将来长大了，我一定要滚回埙城，滚回罕村。你们等着瞧吧！”草房的屋檐下坠着一尺长的冰凌，爸爸蹲在墨黑的屋檐底下抽烟，头上悬着一排冰锥做的利器。屯屯真怕那些利器落下来，戳破爸爸的脑袋。

那天她梦见爸爸死了。从梦中哭醒，她从妈妈的被窝里爬进了爸爸的被窝。爸爸把她抱在怀里，叹息似的说，我不会死。我死了，谁给我打幡呢？

再长大一点，她才知道这话有多重。

打幡的人应该是长子。再退一步，应该是儿子。从内地来新疆谋生的夫妻占大多数，他们的第一件事，就是要造一个儿子出来。这是信念。在西部举目无亲，一定要造一个儿子出来给自己打幡。否则，死都合不上眼。

新疆离内地千里迢迢，来的时候下了火车坐汽车，下了汽车坐牛车，摇摇晃晃在戈壁滩上走了七昼夜。他们很多人出来就没想再回去。

她和黄板同居了。黄板的父母死活不同意这门婚事。屯屯初次上门时，就像个要饭花子。鞋子开裂了，头发长短不齐。上衣甚至扣错了纽扣，湿答答地贴在了后背上。黄板也用排斥的眼光看她，等她从浴室出来，换上干净衣服，黄板的眼睛就直了，说，你是新疆的古兰丹姆吗?

“戈壁滩上的一股清泉，冰山上的一朵雪莲……”黄板走到哪儿唱到哪儿，中魔了一样。

等于来个不要钱的媳妇。黄板的父母终于想通了，“媳妇家里远，就不能有事没事回娘家，能省很多麻烦和钱物。”屯屯的婆婆账算得很仔细。

这个婚姻维系了七年,以黄板的出轨而告终。

黄板经常问，你跟我过日子总是心不在焉,你到底有啥心事?

或者,黄板这样说,你到底因为什么从新疆走到塤城,我没有那样大的魅力吧?

还有,你为啥总不怀孕?

黄板的话风越来越飘,眼神越来越轻佻,屯屯就知道他们该结束了。她不能等着人家往外轰,屯屯自己离开了。

屯屯从来也不敢告诉黄板,她不想生小孩。小孩不在她的人生规划中,她从小就没规划过要做母亲。她对母亲这样的角色很排斥。十九岁那年她怀了一次孕,自己去外县偷偷做了流产。躺在肮脏的小旅馆里,苹果绿的窗帘晒成了白菜帮子色,上面画满了地图。她一个人悄悄地流眼泪,是因为委屈和孤独。这种委屈和孤独却没有人可以倾诉。哭够了，去洗手间换卫生纸，她对着那些暗红的血块凝视了很久，然后果决地冲掉了，对着镜子梳好头发，扶着楼梯下楼。那时她刚应聘到邮政局当投递员，每天骑一辆 28 式的男款自行车，跳上跳下时就像在演杂耍。她负责城区西部的报刊投递，曾经把来自台湾的一封“死信”投活了，那一家人绣了锦旗送到邮政局。

到年底，她被评了先进，转了正。

三

一幢水泥铸的大筒子房，投递组在东头，分拣组在西头。她有时闲着没事会去分拣组转悠，拿张报纸一边走一边假装阅读，有一回踢到一只邮袋上，栽了个大跟头。一直没看到桂二奎的身影。一打听才知道，他当了主任，去楼上办公了。

桂二奎皱起眉心看屯屯，他一直觉得屯屯不靠谱。她在他面前总紧张，心里有鬼的人才会那样。屯屯身材娇小、模样可人，一副永远长不大的样子，既像无脑，又像无心。年轻的时候，整个一副不良少女模样。夏天穿极短的短裤，指甲涂宝石蓝，从不穿袜子。第一次见屯屯那年，他也在邮政分拣包裹。搬动一个大邮袋放到手推车上，一抬头，梳着荷叶头的小姑娘站在他面前，说，你跟我爸长得一模一样。

他从没见过她。卷曲的黄褐色头发，根根带着弯钩。鼻头和眼神都是尖的，有一种热切的东西在神情里，那么想和你贴近或吸附。他警惕地问，你是谁？她说她是罕村的。可口音明明是外乡人，习惯说一口儿化音。“我都不用问，一眼就看出你是桂二奎。”她那时跟他说话一点都不紧张，一派天真烂漫。

院子里还有其他人在干活。桂二奎警惕地四下看了眼，把她领到大门外。“你爸是谁？”

“和你通信的人，他叫陶子晟。”

桂二奎一听就明白了。

三年前，有个人来寄包裹。刚一进邮政局，工作人员就把嘴巴张大了。“桂二奎，你来办理业务。”有人故意把他叫到了前台。包裹是寄往新疆的，单子上写的是衣物。那人有些饶舌，主动说他有三个女儿，她们全部喜欢内地的服装，为满足三个女儿的愿望，他跑遍了整个埙城。桂二奎客气地接待了这个不寻常的顾客，不时看一眼他的脸。他也戴眼镜。他们都有些夹鼻，口是方的，有厚嘟嘟的嘴唇。发际线都有些高，亮出圆鼓鼓的额头。他们的身材居然也一致，都像蚂蚱一样有两条又瘦又细的长腿。他们看着对方，就像看着一面能推进或退回岁月的镜子，那里是多少年前或多少年后的自己。桂二奎莫名有些激动，手情不自禁地抖。为了掩饰，他把两只手插到绿色制服的方兜里，使劲抓住了里子。他们身边逐渐有人围拢过来，顾客把他拉到了外面，在外窗台上用一条卷烟纸写下了自己的通信地址。又撕下了一条卷烟纸，把二奎的地址写下，装进了自己的衣兜里。然后开始了小心翼翼的通信。他们的通信没有违禁内容，谈的都是学习和工作，但都写得很长，他们有话说。有一回互寄照片，正好被妈妈发现了。

“天杀的啊，陶子晟，我让你欺负了一辈子！我不活了！”

妈妈的叫声比刀子还要尖锐，在家属院的上空响彻。跟爸爸结婚时她是初婚，是响应支边号召来建设边疆的。同乡给她介绍陶子晟这个人，除了大几岁，有文化，脾气好，多才多艺，还挑什么呢。后来她才知道，他不单结过婚，还有不止一个儿子。他不告诉她，除了想隐瞒，还因为这伤口太深太痛，他不想回首。可这算什么理由。许多年，她都认为是爸爸欺骗了她，骂他陶骗子。再加上总也生不出儿子，她对待自己，甚至有些苛刻。有一回，她发癔症，一剪刀就把陶小美的头发剪掉了。因为太擦近头皮，剪刀尖甚至戳破了耳轮。鲜血倏地顺颈项流了下来，陶小美一抹，胳膊都是红的。陶小美吓傻了，她以为自己的耳朵被剪掉了。“你咋就不是个带把儿的！”

妈妈气愤地骂，“你不知道他想儿子想疯了？”其实她自己也想有儿子，她死了也要人打幡。大美和二美都描述过，妈妈怀上小三时，整天横草不拿、竖草不捏，油瓶倒了都不扶。她笃定这回是个儿子。迈门槛想好了才迈左脚。喝醋，一点辣味也不吃。肚子稍大一点，她就说儿子在她的肚子里练武功。生产的时候她说啥也不进产房，说怕。医生护士都以为她怕疼，说，你都生两胎了，再生顶多像母鸡下个蛋。可只有家里人知道，她是怕再生个丫头。

妈妈把照片摔在炕上，问三个女儿认不认识这是谁。三个丫头都惊呼，太帅了，这是爸爸年轻的时候！妈妈恨恨地说，这不是你爸，这是你爸的私生子，他们居然偷偷来往！可怜我这么多年一直被蒙在鼓里，我恨不得杀了他！

“我有哥哥？真的哇！”陶小美不识时务，激动得眼冒贼光，嘴巴一张，流出了口水。

妈妈见不得她这样，狠狠扇过来一巴掌。

粮食局大院住了五六十口人，有维吾尔族、回族、哈萨克族、蒙古族。有个人总像影子一样在院子里飘，戴一顶白线帽。她在外边的屠宰场工作，有一回拿回来六根小羊拐骨，对陶小美说，你要吗？那羊拐骨不单洗净了，刷白了，甚至被包了蜡衣，晶莹剔透。哪个小姑娘能拒绝这个诱惑啊？陶小美把羊拐骨拿回家，把妈妈气疯了。她逼着陶小美把羊拐骨还回去，说不还回去就永不许她吃饭！陶小美抽抽搭搭往院子的东南角走，雪落得没了脚脖子，鞋窝里是透骨的凉。她的眼泪没等淌下来就变成了冰豆子，自己都感觉像受难的女儿国公主。大宝和二宝正在堆雪人，他们一个比陶小美大，一个比陶小美小，可他们都是男孩子。雪人戴了一顶毡帽头，鼻子上顶了一块西瓜皮，但分明是笑着的。西瓜一准是夏天吃剩下的，滚落到床底下，冬天扫除时被发现了，但它们依然不坏。陶小美家里也发现了一个大肚子西瓜，滚得像煤球一样黑，但切开一看，瓤是红的，甘甜。

陶小美把六根羊拐骨出其不意地丢到雪人怀里，撒腿就往回跑。

大宝二宝都是小白帽的儿子。陶小美从小就知道关于他们的隐秘，他们都是小白帽抱养的孩子。要再过几年，陶小美才能从大美的嘴里知道“爸爸有两个媳妇”，第一个媳妇就是小白帽。他们一块儿从内地来新疆，因为不生育，爸爸把她休了。

她常年偏头痛，便用兔毛毛线织了顶小白帽，一年四季戴在头上。

桂二奎一直努力避免见到屯屯。他当主任以后的第一件事，就是把屯屯调到了下面的一个邮政所。他不愿意探究有关屯屯的一切，那女孩就像一个巨大的旋涡，稍有不慎会让自己人仰马翻。他跟陶子晟一直在通信，你来我往，不亲密，可也不疏远。他们就像一对普通的老少朋友。从不谈屯屯、罕村，以及与家族和自身相关的种种，他们只谈工作、学习、风物，比如傻石林、奎屯河大峡谷、百葡庄园、巴音沟乌拉斯草原。他甚至早早买了相机学摄影，把那些风景照成黑白相片，虽然模糊一片，但他会注上长长的文字说明。

在陶子晟的心目中，家乡的所有指向就是桂二奎这个人。桂二奎代表天、地、村庄以及万事万物。而遥远的北疆，是桂二奎心中若有若无的惦记，时间长了会想写一封信，诉说工作中的种种事情。但也只是想写一封信而已。

一点点红酒，屯屯的脸就晕上来颜色。有酒盖脸，她忽然很放肆。她说，你为什么叫二奎？不是因为有大奎你才叫二奎，是因为你也出生在新疆的奎屯。奎屯，你当真一点都不知道吗？她没想到这个话题会让桂二奎难堪。他的脸瞬间变成了紫猪肝。他的家庭很诡异，母亲像个菩萨整日礼佛，父亲则像个仆人整天侍弄庄稼。父亲看母亲的眼神总是怯怯的，像个犯了错的孩子。家里有一块旧羊毛毡毯，母亲当蒲团用。上面是繁复鲜艳的各色图案，一看就是西域背景。有一次，父亲在屋檐下想用柴刀砍羊毛毡，刀举了起来，母亲在门口出现了。母亲清冷的眼神只一瞥。父亲马上现出一脸讪笑，拿到河里洗了。他十几岁的时候才偶然知道自己出生在新疆，满月就从新疆回来了。大奎长他三岁，对新疆毫无印象。村里当年有许多人去新疆谋生，他的父母也去了，但耐不住那里的干燥和寒冷，又回来了。

这些，他都是听村里人说的。他甚至暗暗庆幸父母当初的选择，假如父母不回来，就不会有他现在的生活。

直到那次父亲生病。他记得很清楚，他三十五岁那年，父亲因为阴囊肿物住院，他的高中同学在医院当医生。手术完了，同学拉他到僻静的地方告诉他，你父亲先天阴茎畸形，不会有性生活，更不会生育。

他至今都记得同学怜悯的眼神，看着他像看一只稀有动物。

他悄悄给自己验了血，血型告诉了他所有的秘密。他这才知道，他与新疆的关系复杂了。

他居高临下地看着屯屯，一点一点收起了对她的怜惜。桂二奎说，难怪你总也长不大，你太任性了。人生就是过日子，你从新疆走到埙城，仍然没长一颗过日子的心。

屯屯僵住了。

桂行长嘲讽说:“你不生一个自己的孩子,将来靠谁?”

“反正不会靠你!”屯屯突然爆发了,双手捂住脸,哭着跑了。

四

牵起嘴角，屯屯轻轻扯出一个笑，随之眼泪就落了下来。这眼泪有宽慰，更多的是委屈。这些年的委屈如果打进包裹，能从内地一直铺排到新疆。信封就放在随身携带的布包里，用手一摸，就能摸到。她拿出了手机，想给姐姐们发条微信，都想好了说什么，“我叫他哥了。” 这是第一句。“哥给爸捎钱了。”这是第二句。脑里翻涌了半天，到底没有发出去。家里人知道她回来，但她没有说自己的具体行程。妈妈人老了，却越来越耐不住性子，她怕妈妈把姐姐打发到乌鲁木齐市来接她。或者知道她下午到奎屯，她连中午饭都不让大家吃，“一定要等小美回来一起吃！”妈妈对她越来越好了。

“你和桂二奎是怎么回事？”黄板知道她从新疆

回来给他带东西，黄板以为她是给领导送礼，这可以理解。后来又觉得不像。黄板的眼神有了越来越深的怀疑。有一次，他在屯屯的本子里发现了桂二奎的一张正装照片，蓝西服，紫条格的领带，背景是红的。是从宣传橱窗里揭下来的。那次黄板打了她。黄板喝了酒，下手非常狠。他抓住屯屯的头发往墙上撞，让她交代与桂二奎的关系。他甚至怀疑屯屯与桂二奎有私生子，因为她那么热忱地给人家孩子送吃的。屯屯就像个女英雄，一声不吭。打死都不吭。

她想，秘密是我的，绝不告诉任何人。黄板也不行。我是为了桂二奎才来埙城的。桂二奎没答应我之前，我什么都不能说。永远都不会说。否则传个满城风雨，桂二奎没法儿做人，事情就更没有指望。况且即便说出来，也只能落个笑柄。我被嘲笑没什么，绝不能让人嘲笑桂二奎。他是做行长的人，以后还要做更大的官,他要脸面。

“你为啥改名叫屯屯?”黄板在一家公司做装卸工,身上的一点文气早没了。他在部队的时候爱看书爱写信,警句格言抄了一本子,专门写信时引用。后来,就光想喝酒了。“你原来叫什么美来着?”

屯屯仰面看着屋顶,一把头发还在黄板的手里攥着。头皮跳了起来,眼前金星乱冒。她从来也没恨过黄板,没有黄板她就不能在埙城落脚。黄板帮助她实现了最初的愿望。黄板松了手歪在床上,她赶紧去给他端洗脚水。泡脚可以醒酒。他的脚臭得吓人。

“你就是不待见我,连名字都不稀罕给我起。姐姐漂亮是大美,二姐差一些是二美。为啥要叫我小美,我有那样差吗?”

屯屯离开新疆时跟妈妈有一顿恶吵,她从小就对陶小美的名字深恶痛绝,因为同学们总借此嘲笑她，管她叫“臭小美”，连老师都恶意喊错。那是她第一次撒泼，也是最后一次。谁也想不到，这个温顺乖巧的三妹吵过这一次就真的不辞而别。三个月以后才写信来，说她去了埙城，却不肯写详细地址。接到信以后，爸爸曾来埙城找她，却没有找到。爸爸给罕村打了个电话，叔叔不在家，是婶子跑到大队部去接的。证实这孩子确实来过罕村，只是不叫小美，叫屯屯。屯屯在婶子家的炕沿上坐了坐，就走了。婶子抱怨大伯哥当年休的妻是村里的大户，现在仍有半个村庄的敌人，他们一家子的日子都不好过。“你把人家带到那么远的地方又甩掉，换作是我的女儿我也不依。”

屯屯去了桂长河家，带了两包点心。

桂长河就是桂二奎的父亲。

“奎屯最早的名字叫哈拉苏。”司机有些卖弄，他把屯屯看成了外地的观光客，“你知道哈拉苏是什么意思吗？翻译过来就是黑色的泉水。奎屯有肥沃的黑土地，有数不清的黑泉水。”

“我想采补血草。师傅，你知道北坡还有补血草吗？”

司机一下闭上了嘴。

下午六点的阳光还很明亮，北疆的阔大似乎要让人开裂眼角，天地无垠。干燥的感觉从到达乌鲁木齐市就有了，嘴唇是皱的，眼睑是皱的。拇指肚像小钢锉一样，立起来一层毛刺。师傅却说他不知道什么叫补血草，北坡现在是一片工业园区，专门织一种羊毛毯，出口到东南亚。据说泰国大皇宫里的地毯就出自奎屯人之手。屯屯描绘了半天，师傅总算明白了，说，就是那个紫花棵子，路边到处都有。

果然在树丛下看见了一片紫色，像云霞一样迷人。司机点着了一支烟，看着屯屯像支箭一样射过去，扑下身子采草。屯屯先是弓着腰背，后来又蹲下身去，人变成了花丛的一部分。她小心地采那种盛开了的植物。读高中时，采补血草曾经是勤工俭学的一个项目，大家要背着筐拿着镰到遥远的野外去找，一天才能割一筐。这些补血草晾干以后搭乘火车去内地，他们认真猜测过服用这种药物的人都是谁。除了能补血，它还能消炎，用于神经痛、月经量少、耳鸣、乳汁不足、感冒，外用治牙痛及疮疖痈肿。那天，她背着筐去找同学，同学的父亲认真地打量着她说：你是陶子晟的女儿？看屯屯点头，同学的父亲迟疑地说，你爸爸其实是个好人，就是太可惜了……

爸爸当然是好人，什么叫太可惜了？他会画画，会拉手风琴，都是来新疆以后自学的。他还会打珠算，在粮食局做了很多年会计，一星儿差池都没有。无论母亲如何打骂，他从不还手还口。可为什么要强调“其实是个好人”呢?屯屯那个时候无论如何也想不明白。

采补血草的速度降了下来，目光也越来越挑剔，屯屯专门拣那些长得高的、模样漂亮的采。司机摁响了喇叭，屯屯才发现自己远离了国道足有五十米。因为视野广阔，五十米就像被叠加了，让眼睛觉得不够用。那辆现代出租车像个玩具一样在地上匍匐。屯屯抱着一捧花朵回来了，脸上都染了花粉的颜色。司机问，这回去哪儿?屯屯答，沙湾街294号。

“奎屯有十八家医院，你这是要去人民医院。送花的人不少，给病人送野花的还真少见。”司机看了一眼倒车镜，有些饶舌。

“爸爸在几楼?”

“死丫头，你是不是已经到医院了……四楼靠拐角的那个屋子，我们包了一间病房。”

楼道里很安静，消毒水的气味在空气中弥散。一扇房门打开了，大美和二美刚要往外冲，屯屯已经站到了门前。妈妈在窗前坐着，爸爸在床上躺着，吊瓶里的液体还有一瓶底，输液管垂下来，连着爸爸的左胳膊。听见动静，爸爸把头歪了一下，却没有睁开眼。

“你是一个人回来的？”妈妈问。

“他没和你一起来？”大美问。

“你还真给他采补血草了，爸喝不动的。”二美说。

“爸爸怎么这样了？”什么也顾不得，屯屯把补血草塞给二美，奔到了爸爸的床前。爸爸骨瘦如柴，两颊塌陷成了坑。曾经好看的手瘦脱了形，小臂连着手背，就是被一层皮包裹。如果装些肉，就变成了另外一个人的手，是桂二奎的。脑子里电光一闪，身上起了鸡皮疙瘩。屯屯小时候就喜欢被那手握着，柔软，细腻，天生就不喜欢干农活。就是因为不喜欢干农活，国家号召支边，说到那里就可以有正经工作，爸爸才带着新婚的妻子义无反顾地来了。屯屯急忙翻包，拿出了那个信封，鼓鼓的一个信封放到了爸爸的手心里，又把他的手指扣在上面。屯屯附在爸爸的耳边说：“这是哥哥给你的。整整一万元，都是连着号的。哥哥的意思是说……”

爸爸的眼球骨碌一下，突然睁开了。紧跟着，有两滴混浊的泪淌了下来，在干燥的皮肤上虫儿一样爬行，又倏忽不知去向。爸爸的眼神在聚焦，像是从深远的洞穴里射过来，终于照见了屯屯。屯屯忍着悲痛又说：“哥哥让我告诉你，他虽然不在你身边，却像这钱一样，跟你连着血脉……”

爸爸张着嘴喘气，图钉一样盯牢了她，眼神里却别有深意。失望，失望，还是失望。只是说不出，或者，不想说。

屯屯脑子里轰地响了一下。她明白了爸爸的意思。他是想哥哥能来,给他打幡。这是他一辈子的愿望。他们都以为屯屯这次能把人带来。他们生活在同一座城市,在一个系统工作,有着比别人更近便的关系和联系,他怎么可能不来呢！哪怕作为一种心照不宣的关系来送亡人一程,也是个安慰。这样的想法谁心里都有,但谁也不说。屯屯一直觉得还有时间,爸爸只想喝她采的补血草,爸爸是在撒娇。她一点也没想到事情已经迫在眉睫。屯屯跪下身子,额头抵在了那捆钱上,五内俱焚。真的是五内俱焚。她想,她其实没有能力带回这个哥哥,可她一直不说,不肯说。全家人都误会了,都误会了！这有多害人！屯屯羞臊得恨不得找个地缝钻进去。当年她千里迢迢去埙城，原本所有的努力都为了这一刻。这一刻她想象过千百次，可没有一次是今天这样的!这一刻提前到来了,她却没有防备!可如果不提前到来，还会有机会吗？他只肯出一万元钱！一万元钱！想起在他办公室的一幕幕，他们彼此之间客套、迂回、隔膜，屯屯哪里还有指望！屯屯连哭声都没有，她觉得，她不配！爸爸吧唧一下，嘴张开了，却没有合上。他扭过脸去，把手抽了抽，没抽动，但屯屯感觉到了。这一万元钱安慰不了他。倒退些时光也许能安慰，现在却不行。他的眼里都是空茫。窗外铺天盖地飞舞着黑色的蝴蝶，急不可耐地往窗上撞。如果破窗而入，他的世界就黑了。而眼下，他甚至希望黑暗早些到来，他再也经不起波折了。

屯屯冲出了病房。

她设想过爸爸憔悴瘦弱成这样、那样，却没想到他已然弥留，生命随时可能终止。所谓的用她采的补血草补血，不过是妈妈的一个谎言。他们内心的愿望鬼都知道，可谁都不说。他们就那样遥遥地注视着她，希冀堆得像天山一样高。

那样高的天山足以把她压垮。

屯屯在楼道的尽头失声痛哭。大美追了过来，摇她的肩膀，逮着间隙说："你给他打个电话吧！"

屯屯拼命摇头。这样的事情当面都不好讲，电话里又怎么讲清楚。

大美失望地说："爸爸得了癌你也不告诉他？你怎么这么废物啊！爸爸一直不闭眼，不是在等你，是在等他儿子……我们都以为你们已经相认了，妈妈甚至说，这次只要你回来，就一定能把他带回来。那时爸爸还能说话，问，带得回来吗？妈妈说，带得回来，一定带得回来！"

只有家里的男丁才能打幡。许多年前父亲就说过，如果在家乡，还可以有远门近支可以倚靠，在这偏远的北疆不行，没有儿子打幡，做鬼都不安生。

屯屯哭得撕心裂肺。她恨自己迟钝，也恨自己缺少勇气。她在桂二奎面前越来越缺少勇气，似乎她的勇气在十八岁的时候都用尽了。她越来越觉得无可奈何，她走不近他。即使把整个北疆背给他，她仍然走不近他。这次给的一万元钱，让她高兴了一路。揣度桂二奎的心理以及种种可能，都是屯屯高兴的理由。现在看，却是封堵了她的嘴。也许还有另一层意思——你以后不要再来找我了，我已经忍无可忍。当年她兴冲冲地跑到了那座叫埙的城市，是想一头扎进去，最终把这个哥哥认下。然后，有朝一日荣耀地带回北疆。她能为家里做的就是这个，她为这个目标一直在努力，她也一直在这样暗示家里人。怎么也没想到，几十年过去了，她仍是孤零零的一个人，岁月什么也没有为她留下。

五

还没进村,天已经黑了。内地与新疆有两个小时的时差。桂二奎隔着时空盯着那辆行进的列车。他判断得不差。屯屯在乌鲁木齐给他发来了短信,上写:哥,我到乌鲁木齐了。

查奎屯与乌鲁木齐衔接的那列火车,按时间推算已经进站了,却一直也没等来屯屯的回复。他坐立不安。心想,屯屯是忘了还是手机丢了?会不会她下车了却把手机掉在了车上? 或者,她要见到家人才向他报平安?对了,她还要去采补血草。她肯定先去采补血草了。手机摆在桌子上,不时跳动几下。一看不是屯屯,电话他通通不接。他心中郁闷,浮躁难挨。还有半个小时才到下班时间,他从内部的小电梯下楼,从车库里开出自己的那辆吉普车,直奔外环。

“大哥，我今天下乡了，一会儿从家门前过，你让嫂子给我熬一碗粥。”

大奎在电话里慌忙地应，问他还想不想吃别的。他说不想。

屯屯不会有事。他坐立不安表面是因为牵挂屯屯，其实还有更复杂的原因。他心跳得很不规则，新疆那个叫陶子晟的人，眼下生死攸关。肯定是生死攸关，否则不会几千里地让屯屯回去采补血草。补血草当然救不了命，这很明白。就像……自己与北疆毫无瓜葛却同样心神不宁一样。只是，真的毫无瓜葛吗？

自从意识到陶子晟可能跟自己有渊源，通信就戛然而止。这种感觉很奇怪。过去的意识是朦胧的，不确定。可以出于好奇或新鲜，一封信从邮筒里发出，辗转来到陌生的地方被阅读，像回复一样让人期待。来信带着北疆瓜果成熟的香味，或冰天雪地的寒冷。这次吃了狍子肉。下一次，半扇猪肉被不知什么野物瓜分了。他们从内地带去了养猪的习惯，挖好大一个坑，长和宽各有三四米，一人高，猪无论怎样蹿跳也出不来。下面放一个食槽，承接剩饭剩菜。家属院外有林业部门的苗圃，里面长很多野草，谁随便扯上几把，就够猪一天的伙食了。有时大家都扯，猪会用野草铺个炕，那可是只聪明的小眼动物，一杠一杠的抬头纹里都是智慧。它冲人哼哼的时候，会发出类似儿童的腔调。年猪杀掉，一部分用盐腌制，大部分则埋在雪堆里，那可是个天然的大冰箱，整个冬天都不会化。只是某一天夜里忘了关门，半扇猪肉全不见了。碎屑迤逦很远，杂乱的脚印戳在深雪里，令你分不出是豹子还是熊。

他的信永远只有一页。只一页就够了。朦胧的不确定的感觉就应该这样被对待。后来情形变了。桂长河因为阴囊肿物进行了手术，这个从没让他感觉亲近的人，从那天被宣布不是他的父亲。他彻底蒙了，天塌了一般。关键是，这种感觉无人可说、无处可诉。公园有一个石子儿砌的八卦图，他就在那上面疯狂地走，从黑到白，从阳到阴。他紧抿着嘴唇，汗水从嘴角汹涌而过，脖颈变成了溪流。从远处看，就像一团雾气，他被自己蒸腾了。他不知道自己是谁，是怎么回事。从哪里来，要走向哪里。这个想法就像个魔，在他的心底汇成了巨大的呼啸。他还能接到从新疆寄来的信件，他不回。慢慢地他也不写了。

这个话题是羞耻。不只涉及生命，还有性。因为医生同学告诉他，父亲那种情况不会有性生活。那么问题来了，母亲在新疆到底发生了什么？那个人是谁？跟那个人到底是怎样一种关系？怎样一种关系才是他能接受的？他几次要问，几次又都忍下了。有一次，母亲数说屋里臭味的来源，是因为父亲总不洗澡。父亲的恶习就是常年不洗澡，一辈子不洗澡。父亲说洗澡会洗丢东西。就像过去有人说照镜子会丢魂一样。有一天他突兀地问母亲："年轻的时候，你为什么不同他离婚？"

他不敢看母亲。他怕母亲想他所想，不好回答。可母亲边纳袜底边说："我是他家买来的。当初就说好了，我这一辈子，换他家两斗小米子。家里后娘养了三个孩子，靠这两斗小米子度饥荒，才没饿死。"

袜托是木头的，装在袜子里。大头朝上立在炕上，母亲把袜托搂进怀，就像搂着一个婴儿。在袜底完整敷几层旧布，然后密密麻麻穿针走线，等于给袜底护了铠甲，才经踩磨。小门小户的日子就像白纸糊窗户，针鼻大的窟窿就漏斗大的风。

他还能说什么呢？有时候他甚至想，母亲离婚也带不走他和大奎两个孩子。带不走怎么办，总要留一个给不是爹的爹。母亲不会这么干。

母亲得了脑血栓，栓了口腔。这就是命运的安排，让她的舌头僵硬得像块木板，只能从喉咙深处发出呜呜声。命运封存了她所有的秘密，再不给人刺破的机会。最后几年父亲一直在照顾她，给她洗澡、梳头、换干净的衣服。推她到外面晒太阳，把肉和菜切碎了给她熬糊糊，把鱼和虾的肉煮成粥。对她就像对一个婴儿，居然把她养得白白胖胖。他偶尔回家，母亲会比比画画表达自己的心满意足。他心酸地想，也许这就是命。母亲多半生的付出就为了这时候得到补偿。所谓的圆满，大概就是指这样一种残忍的结局。

他和妻子是大学同学。他运气好，同学聚会时被人戏称驸马。他也一步一步从普通营业员走上了高位。当初妻子家里不同意这门婚事，甚至闹到了断绝关系的地步。是他动了很多心思赢得了这门婚姻。就是现在，他去岳父家也要进厨房择菜、洗菜。

拖把从来不用，要用小毛巾清理每一块地板。家里不能有浮尘，否则岳母的气管受不了。这些他不是非干不可，而是姿态。位置越高，姿态越低，这是必须的。现在回头看，所有的付出都是值得的。虽然妻子从不跟他回罕村，可他不在乎。大奎盖房的时候所有的费用都是他出的，条件是给他留出一间房，候着他告老还乡。这不过是个借口，妻子心里明镜儿似的，只是不跟他计较。家里的大事小情通通都是他出钱，大奎出力。妻子从来不管。在他们那种家庭，活出人样来不容易。母亲三年前往生了。在他的坚持下，拿条毛毡包了母亲的骨灰，没有跟父亲埋在一起。父亲埋在了村里的河套地，母亲则被他带到了城里的墓园。他知道这件事在村里饱受诟病，甚至让大奎觉得没有颜面。他有话语权，可他什么也不说。他在心底想，桂长河，你不能来世还和母亲在一起。这种想法能让人发疯。除了娶母亲时付出了两斗小米子，还付出过什么，他甚至不能给母亲一夜欢爱！

母亲去世以后，他很少回罕村。他不回来，就像罕村不存在一样。他情愿这个罕村不存在，好让自己变成孙猴子。他在埙城顺风顺水，他珍惜在埙城的荣誉、地位、事业、家庭，不希望被外来因素打扰。

可是，有一个屯屯，就隐藏在城市的某个角落，时不时地冒出来，毫无征兆，把这种平静打破。

就如此刻。

“老家有点事，如果晚了我可能就住在乡下。”他给妻子发了条短信。

只要涉及老家，妻子从来什么也不问。这是种高贵的沉默。父亲母亲去世，妻子都没来奔丧。她有合适的理由，比如，已经出差了；或者，将要出差了。乡间烦琐的丧俗让妻子望而生畏，比如哭丧、行跪拜之礼，还有宴席上油腻的碗和乡邻挥舞的筷子。他当然明白。结婚前，妻子只跟他回过一次罕村，一桌饭菜她不吃，她只吃煮鸡蛋，自己剥皮。但妻子给婆婆买貂绒皮衣做补偿，彼此给彼此台阶。这些都很重要，可以得过且过或欲盖弥彰。她心里只有他这个人，而没有他身后的背景。仿佛他就是孙猴子，真能从石头缝里蹦出来。

关键是，她心里有他，他已经满足了。他没有理由多要求她什么。

薄雾自天外而来，在杨树的枝头打着晃。左右两侧的沟渠浓绿成行，在暗淡的天光底下，像水墨画一样。黑暗遮掩了树叶上的浮尘，沟渠里的垃圾，路上的泥泞以及远处的一只狗。狗不时狂吠，他却只闻其声。白天下了些小雨，空气中是一种被溅起的土腥气。他甚至查了远在西域的那座城市，那里经常是万里无云，日照充足，天蓝得要命。年降雨量十六毫米，却要蒸发三千毫米左右。土地和植物常年处于焦渴状态。年平均气温只有六摄氏度，奎屯在和硕特蒙古语有“寒冷”之意。离天山五十公里。一条奎屯河由十八条支流汇合，发源于依连哈比尔尕山……

还有什么？

这一切怎么荒谬得如此熟悉而亲近？

他自嘲地笑了下，心头却是暖的，似乎有一股活泉在奔涌。他摇了摇头，给自己点着了一支烟。他平时不吸烟，因为妻子不喜欢。但车上会备一盒，心情烦躁的时候吸一支，会感觉通体舒坦。然后拼命漱口，嚼口香糖，确信一支烟的能量销踪灭迹，他才会回家。他从不惹妻子生气，他是模范丈夫。眼下他在罕村粗糙的水泥桥上，推开了车门。一只脚踏到地上，另一只脚踩在车框的边缘，像个出租车司机一样，弓起腰背，冲着夜色喷云吐雾。抽了一支，又

抽了一支，又抽了一支。他有些醉了，是的，醉烟。头是痛的，眼前迷蒙，有轻微的眩晕感。他从没连着抽两支以上，嘬得腮帮子都是酸的。他在想他为什么要回罕村，见到大奎说些啥。是的，他是有话想说的。是不是要说，有没有说的必要，他其实一直在犹豫。或者，说出来有没有意义？有的，他对自己说。大奎是长兄，长兄如父，他该知道实情。或者，他应该给个主意，下一步怎么做，做些什么。这么多年，大奎一直不知道他跟北疆有联系。最早是通信，后来是吃从北疆带来的马肠和蘑菇。他从没告诉过大奎。他又看手机，屯屯还是没有消息。屯屯不会再有消息了，他深深吸了口气。因为她不知道他其实也惦念。回想过去的几十年，他一直在怠慢她，有意识地，下意识地。甚至把她分到下面的小营业所，条件简陋，只有三个营业员。后来那个营业所被取缔，屯屯才重新回来。屯屯一直是个普通职员，干最脏最累的活。她第一次带东西来，战战兢兢，甚至不敢接他的眼神。倒好像她是来乞讨的。他从没体恤过她。他不愿意见到她，她遇见的从来都是冷脸。他只请她吃过一次饭，在旋转餐厅十八层，听她谈完经历，他说她没长一颗过日子的心。“你不生一个自己的孩子，将来靠谁？”她捂着脸哭着走了。又一次来，就像不计前嫌一样。他羞愧地想，这话说得自私而又刻薄，实在不该从自己的嘴里说出来，倒好像是屯屯想靠他一样。

如果真……靠他，这有什么不应该吗？

村庄在一条河的臂弯里，三面环水。通往村庄的路上空无一人。小的时候，他每天都在这条通天路上走，割草，拾柴，上学，赶集，看人的白眼。遇到人从不打招呼。便有人说他随爹，桂长河就从不跟人打招呼。“他就像一条夹着尾巴的狗。”他上小学四年级写作文时这样形容他，受到了老师的严厉批评。“他即便真是条狗，你也不能这样写。”老师说完就笑了。老师是女的，笑容就像腐烂的大肉花。“要写出他的高大和不平凡。”

“他没有高大和不平凡。”他赌气地大声反驳，引来了哄堂大笑。

记忆中，他很少叫那个男人什么。他看他的眼神总充满鄙视，从小到大都如此。他就像个土拨鼠，整天钻到地里。天不亮就走，天不黑不回。脸上敷一层黑油泥，嘴唇是紫桑葚的颜色。眼白大眼球小，灵活转动时更像鼠类。他身材矮小，生了颗枣核脑袋，与相貌堂堂的他背道而驰。他曾听村里人说闲话，桂长河怎么生得出二奎那样的娃？羞耻的感觉似乎与生俱来，他不清楚这其中有什么因果。独记得小时候的眼神，总仇视地看着他。那时他还在读初中，有一天，他路过菜园时听见有人说话。“你吃了吗？吃的啥？我吃的是蚂蚁缠大象，你知道什么叫蚂蚁缠大象吗？”篱笆墙上爬满了豆角秧，他好不容易扒开了一道缝，见他正在用一根木棍逗弄水龙沟里的癞蛤蟆。

“啥叫蚂蚁缠大象？”他好奇地问母亲，母亲也不知道。他便知道他在说疯话。

有一次，同村有个同学说“你爸爸爱跟蛤蟆说话”，被他痛打了一顿。事后他想，同学如果说“桂长河跟蛤蟆说话”就没事了，他是听不得“爸爸”两个字。“爸爸”不能跟蛤蟆说话，蛤蟆不能跟爸爸平起平坐。

他觉得戳心窝子。

他把手机扔向副驾驶座位。拿起来又查看了一下，心里一阵烦乱。这个屯屯，一把年纪了还是不靠谱。他驾车朝村里走，电话突兀地响了，他赶忙接听。是哥哥大奎，问他到哪儿了。粥早熬熟了。他说，已经到家门前了，开门吧。

六

大奎结婚早，已经是有孙子的人了。大奎在他面前总是不知怎样表达亲近才好，给他拿各种吃的，就像对待小孩子。大奎爱看书，是乡村的文化人。一个梢间里都是他收存的各种图书和农具，几千册书随意堆放着，许多都是课本和各种实用手册。大奎爱书成痴成迷是出了名的。饭后一家人都在屋里看电视，大奎隔窗喊："小点声。别看电视剧，看点有知识含量的！"说完看了他一眼。他其实不管他们看什么。大奎解释说："我喜欢看长学问的。昨天看有关新疆的节目，说有一种树木叫胡杨，三千年不死，死后三千年不倒，倒了三千年不腐。这要是人多好。"他谦逊地看了二奎一眼，补充说，"人生一世，草木一秋。"

二奎心里咯噔一下，想，这难道是感应？大奎从来就不是个悲观的人，从没听他发过牢骚。他平板、务实、憨直，有一点小虚荣。他想起了屯屯带来的东西，薰衣草精油、马肠、烤鸡蛋、葡萄干、胡杨林里长的蘑菇。对，就是那种蘑菇，有股年深日久的草木香，特别对他的胃口。他经常在水里发几朵，自己炒一盘。素炒，加一点红辣椒点缀。红辣椒也是奎屯的，封在一个袋子里。还是几年前屯屯拿来的，夏天怕生虫子，二奎把它放在冰箱一角冷冻。每年秋天，奎屯都是晾晒的红艳艳的辣椒颜色。他在网上看到过照片，红辣椒掀起的波浪把人都淹没了。妻子不知道这些蘑菇和辣椒来自哪里，他也从不请她品尝。从不提起屯屯这个人，以及与之相关的事。他知道她不关心。薰衣草精油他送给了女下属，他不送给妻子。他不想撒谎和解释。他们兄弟偶尔坐在一起，谈发家致富，谈左邻右舍，谈村里的人和事，从没谈过新疆以及与新疆有关的风物。这不构成一个话题,从没有因缘谈起。

今天是有些特殊了,新疆的胡杨居然做了开场白。

他只喝了一碗粥。那碗粥顺着喉管缓慢进入食道,似乎随时都想反流。他们坐在阳台上,屁股底下每人一把藤椅。藤椅是他屋子的标配,他知道,只有他来才会搬出使用, 平时会被大嫂擦拭得干干净净。藤条编的小圆桌上摆着茶水瓜果,有些瓜果就是园子里的出产。小黄瓜只有手指头长,若不是他来,他们不舍得这么小就摘。他拿起一根黄瓜咬了一口,顿时满口生香。嫂子从堂屋取来小板凳,刚要坐下,就被大奎轰了进去。“你进屋看电视,我跟二奎说事情。”大奎素来把兄弟看得重,甚至重过老婆孩子。熏蚊子的火绳冒着青烟,黄瓜花、豆角花的香气在空中弥散。他给二奎的茶盅里倒了茶,二奎看一眼门框上悬着的电灯，大奎赶紧站起身，把灯拉灭了。二奎打小就不喜欢太亮的灯光，他嫌晃眼睛。

二奎抬眼望天，一枚巴掌大的小月亮钻入了云层，像多半块害羞的玉米饼。小的时候经常看着这块玉米饼出神，舔着上嘴唇想，不知怎样才能吃到它。几颗细小的星星明明灭灭，像是还没考虑好，该不该跳出来值勤。

“你知道你为什么叫大奎吗？”二奎觑着眼问。脑子里却想起了屯屯说过的话，“你不是因为有大奎才叫二奎。”

“知道，奎屯生的嘛。”大奎回答得简朴，却吓了二奎一跳，“打小连小学老师都说，咱村很多人走新疆，有几家子到了奎屯。桂大奎、桂二奎都是新疆奎屯的产物。”大奎努力想把话说得幽默。

“你还记得什么？”心里却在想，他为什么从来都没跟我说过。

“入学时咱爸想给改名，找后街的老五叔起了桂长金、桂长银两个名字。但咱妈不让，她说，我这辈子啥都听你的，但这件事打死也不能依你！咱爸也是倔人，跟妈这一通吵。你那时小，就会抱着妈的大腿哭。我可是记得真真的，妈正在拉风箱，顺手抄起一把菜刀架到脖子上，那刀刃割着了皮肤，血都冒了出来。咱爸吓坏了，扎到了姑姑家，三天没敢回来。有时我还会想起，改个名字的事，不知她为啥动那样大的肝火。桂长金、桂长银的名字其实也不赖。”

“你没问过她？”

“没问。我猜……她可能是为了纪念。”

“纪念……奎屯？”

如果真是为了纪念奎屯，奎屯应该是有值得纪念的人和事。桂二奎叹了口气。

他又想抽烟了，摸了摸口袋，烟放车上了。大奎原来比他知道得多,这是个意外。他从来也没有把自己的名字跟奎屯联系在一起。虽然屯屯说起过,可那次有酒遮脸,他没有当真。乡间叫“奎”的人很多,未必都与什么有牵连。他想,该谈一谈陶子晟了。他此次来,就是想谈谈陶子晟。奎屯的陶子晟,在他心里隐匿了很多年。那年来到邮局给女儿们寄衣物,却把大家都惊炸了。他和桂二奎两个人互为翻版,能一眼让人看出隐秘。当然,邮局的人不会那样想,大家都当新闻传播。现在陶子晟躺在病床上,等着女儿给他采补血草,这分明是个幌子。这个叫屯屯的女人,就生活在埙城,像个卧底。当年从新疆奔了来,一卧就是很多年。毫无缘由地带这带那,用一句书面语言,就是加强联系。不管你愿不愿意,她就是要加强,其实是强……加。看似柔弱拘谨的她,执拗得有些过分。直到这次,去奎屯之前还专门来辞行。她哪里是辞行,分明是通禀。我来告诉你情形，一个得了直肠 CA 的人喊我回去。几千公里之遥，不到关键时刻怎么可能喊她？采补血草只是借口。就因为猜到了她是来通报消息，桂二奎才准备了一万元钱，连号的。这是他特意吩咐的，隐喻若有若无。这些元素里都是故事，大奎听得懂吗？他会不会被吓着？

“有件事我一直没有告诉你。”大奎忽然变得诡秘。他往前拉了下椅子，浓重的夜色被他扯开了，脸像浮雕一样明晰了些许。大奎是一张团圆脸，扁平，有一点抹去特征的混沌，不像二奎棱角分明。桂二奎没来由地紧张，自己是来诉说秘密的，没想到大奎也有。“你知道咱爸咱妈当初为啥去新疆吗？”

因为穷。所有的人都是因为穷。也有人是因为远大理想和抱负，想建设边疆、保卫边疆。但罕村的人不是。吃不饱，弟兄几个挤在一间屋子，娶了媳妇却分不了窝，只能在中间拉一块布帘。新疆天大地大，能施展手脚。还有一份稳定工作，按月拿工资。当年就是这样宣传的。

“我告诉你，别人是因为穷，咱爸咱妈不是。后院园子里埋了几缸小米子，专门为度荒年用。咱爷爷是个大神，能运筹帷幄决胜千里。”

这些桂二奎恍惚记得。爷爷在大户人家当过账房先生，积攒每一分钱给家里储存粮食。那年月小米子是好东西，能让坐月子的女人奶水充盈。后来那些小米子被挖出来，早发霉了，顺便做了肥料，那一园子白菜长得肥硕壮观，爷爷总挑了偷偷去卖，被联防的人追得挑着担子跑。

“你没觉得，咱俩长得不像？”

二奎大吃一惊。

大奎缓缓说出了根由。母亲去世后，留下一个上锁的抽匣，大奎打开，都是母亲保存的老古董。各种票据、存折。其中有个存折是一九五八年存入大乡信用社，定期三个月，现在已经取不出来了，因为没有底案。几样首饰，工分簿。还有一张毛头纸，四方的，写仿影的那种，展开看却是一纸文书，密密麻麻的满是毛笔字。你知道上边写的啥？

二奎惶惑地摇头，他想到了卖身契。母亲就被卖了两斗小米子。

大奎更加诡秘，说，是一纸契约。亏得我平时爱学习，连蒙带猜读得懂繁体字，契约好像与咱们的身世有关！

什么叫“好像”？

二奎抖了一下，冷气一下侵入了身体，像是哪里接通了一个孔，让冷气长驱直入。他握紧了拳头，禁不住要打摆子。生命难道是被一纸契约规划好的？

二奎粗暴地打断了大奎：“说内容。”

大奎仰脸望天，回忆道：“双方遵守自愿之原则……桂家都许以合法身份。如果生两个以上……女方不得与男方发生任何联系……”

“一个就允许？”二奎低吼。他觉得大奎吞了字，这里面有常识性错误。“你说详细点。”

“年深日久，很多地方粘到了一起，字迹十分模糊。”

“契约呢？”

“烧了。那东西丢人，我怕让孩子们看见。”大奎变得可怜巴巴。

“哎呀！”二奎痛心疾首。他想，母亲一直保存着，在早，是自己孩子在桂家合理合法的凭证。后来一直没销毁，分明是想留给他们看。母亲是个仔细人，不会因为疏忽而忘掉——自己难道跟大奎真的不是一个父亲？

“纸上到底是怎么说的？”二奎简直要给大奎作揖了。

大奎却越发说不清,紧张得直冒汗。

“你那屋子存了那么多破烂儿，就不能存下与自己相关的？”二奎怒不可遏。

大奎一下红了脸。那屋旧书和农具是荣耀,让他在乡村显得与众不同。二奎以前没表示过不同看法,今天却叫它们破烂儿!

“下面签名的都有谁？”二奎阴沉着脸问。

“黄连荣。桂长河。桂田。上面都按着手指印。”大奎说得胆怯,伸出食指朝虚空摁了下。

二奎舒了口气,莫名地拍了下大腿。黄连荣是母亲。桂田是爷爷,在桂二奎八岁那年就死了,他依稀记得爷爷的清癯模样，胡子只有稀疏的几根,是黄的。总是一副阴鸷相,从不在眼睛中间看人。桂二奎觉得他就像奴隶主,一家人都是奴隶。他穿黑大褂,喜欢背着手走路。抽烟时烟袋杆高擎着,下面坠着烟荷包,显眼地钉着一粒翡翠扣子。顿顿要喝酒,锡酒壶要放在茶缸里用热水温。小碟咸菜旁有几粒花生米,用香油、醋腌制过,扑鼻香。

喝过酒就往铺盖卷儿上一躺，两只膝盖弓起，一条腿架到另一条腿上,很响地打鼾。

还记得那是个小的三间瓦房,小格子窗都是四方块,过年糊上新的毛头纸,窗子便像安了玻璃一样亮。其余时间便是年深日久的颜色。烟道从炕上过,每一个缝隙都冒炕烟,熏得席子和被褥都是黑的。煤油灯也冒黑烟,放在小躺柜上,能照亮整个太师椅。爷爷蜡黄着脸在那里坐上一晚,两只鼻孔都是黑的,像猪鼻子一样。

那一晚的情景二奎能够想象。父亲坐在炕沿，母亲倚靠在门口的墙上,半个屁股虚坐着。爷爷在太师椅上挺着身子,架起两只胳膊。旁边的桌子上放着笔墨纸砚,砚台的切口上停放着一支吸满墨汁的毛笔。账房出身的爷爷会摆足了架子。按时间推算，那应该是一九五五年的冬天，刚有支边的信儿。村里许多青年跃跃欲试。家家虽分了土地，但那时的人像现在一样，对远方有着不切实际的幻想。其实主要还是因为穷，缺吃少穿，十几口人挤在一栋房子里。桂家不缺粮食和住处，但桂家的难处说不出口。媳妇八岁用两斗小米子换了来，十三岁圆房。桂田比谁都清楚他的儿子桂长河生不出一儿半女，要想桂家有后，只得想别的法子。要想不丢人而又少是非，最好到外边去，越远越好。

去新疆的想法一定是爷爷桂田的主意。他眼界开阔，大开大合。

母亲那年十八岁，已经是个有想法的少妇。这纸契约约束的是双方，但显而易见，保存在母亲手里，是个撒手锏。怀孕生产都是女人的法定义务和权利，但前提是，你的孩子得有来路，孩子能不能被善待，取决于母亲的性行为是否合理。

“你那时为什么不告诉我？”沉默良久，桂二奎还是发泄了一下。被大奎蒙蔽的感觉很受伤，大奎有事从不瞒他。

大奎忸怩着说：“觉得不是啥好事，告诉你也嫌丢人。何况……”大奎迟疑了。

二奎的脑子动了一下，猜出了他咽下的半句话。无非是因为“两个人长得不像”，让他心有挂碍。他们都是从同一个娘肚子里爬出来的，至于父亲是谁，大奎未免太杞人忧天了。

“今天为啥又说了？”二奎面露嘲讽。

“与胡杨相比，我们都是渺小的人。”大奎坐正身子，振振有词。那一刻，大奎简直像有神仙附体，口气和表情都带着居高临下的悲天悯人。

二奎站起了身，他一刻也不想在这院子停留。大奎的这一面让他看不入眼。他从很多年前就看不入眼。大奎嗜书如命、一些小的聪明和计谋、属于乡下人的自命不凡，以及随处表现的虚荣和浅薄都让他难以容忍。他真的怀疑两人的血管里流的不是相同的血。但大奎说得不错，与植物相比人类都很渺小，哪怕是一棵草，还能野火烧不尽。只是，他觉得没有必要再跟他理论下去。月亮移出了云层，洒下几缕清辉。二奎借着月光星光盯看了一眼大奎。他们长得不一样，脾气秉性不一样。小的时候大奎就有些女气，爱哭鼻子，爱穿有颜色的衣服。也就是说，陶子晟与他没关系……不知为什么，他暗松了一口气。想起屯屯说过的补血草，也不知现在采到了没有。心慌的感觉突如其来，他摇晃了一下，情不自禁地捂住了胸口。“你怎么了？是不是不舒服？”大奎关切地探过身来。二奎没有接话茬，而是不动声色地舒缓了自己，他想到了远在北疆的病人，也许这是心灵感应。

他的心像是被什么挖了一下。

“这畦西红柿长得不错，是沙瓤吗？”他往菜畦边上移动了下脚步，是在为抽身做准备。

面前黑乎乎的，其实啥也看不清楚。

“还不知道呢。”大奎忐忑地接话儿，“要等红了才知道。”

“时间不早了，我得回去了。”

大奎赶忙问：“你今天有……事儿吧？”

“没事儿。”二奎边说边利索地往外走，“我就是路过，来看看你和大嫂。”

七

屯屯伸了一个懒腰，奎屯的早晨就醒了。她惺忪好一刻，才想起这是睡在老房子里。老的土坯房，有一种干燥和舒爽。指尖碰到手机，心跳了一下，却没有动。昨晚妈妈炖了一只鹅，屯屯的筷子不时挥动，除了吃，她不知道该干什么。一家人都看着她。大美、二美和两个姐夫。二美嫁到了克拉玛依，姐夫是维吾尔族人。大美就住在家属院旁不远处的楼房里，那里爸妈其实也有房，可他们不去住。老房子有大院落，可以种很多蔬菜。政府一直说拆迁，但一直没动静。当年他们从内地带菜种，一茬一茬培育，种子像人一样，早把这里当成家了。

屯屯知道一家人都看着她。妈妈说："小美……"屯屯说："我改名了，我叫屯屯。"妈妈赔着笑说:“我总忘。屯屯好听,小美……”

一家人都觉得,屯屯应该给二奎打个电话,把爸爸的情况说清楚,他实在是坚持不了几天了。如果二奎能在他活着的时候来看一眼,爸爸就能瞑目了。否则,他死都会很勉强,所以横竖不咽这口气。屯屯在坝城这些年,多亏二奎照应。否则,她人生地不熟,怎么可能生活得好,还能谋到工作?屯屯是唯一能跟二奎说上话的人,是陶家所有的指望。“你现在就打,让我们都听听,看看他怎么说。”大美把屯屯的手机从包里取了出来,屯屯接过,又放进了衣兜里。“他这两天忙,过两天再说吧。”

“爸爸还能活两天吗?”二美越来越不满。她连续值了几天夜班,心情很烦躁。

大美说:“怎么活不了……他让小美捎来那么多钱。”

大美的意思是,屯屯说的是实话。

妈妈说:“你哥会来的。我做梦都梦见了。”

顿了顿,屯屯说:“他不会来了,你们死了这条心吧。”

妈妈突然叫了起来:“你说什么?”

屯屯心一横,说:“桂二奎不会认你们的,你们就别做梦了!”

妈妈讪笑了一下,她觉得小美是在说笑话。

妈妈早已转变了对二奎的态度,包括对爸爸的前妻灯碗。灯碗是小白帽的小名,她的大名谁也记不住。她的偏头痛好了,但小白帽还戴在头上。按理应该叫她大宝妈二宝妈,可因为大宝二宝都不是她亲生的,大家都愿意叫她小白帽。年前爸爸做手术,灯碗去医院探望了,拿了一盒子糕点。她比爸爸大三岁,但远比爸爸健康。她立在病房门口,没有往床前走。只说了一句话:“你好好养着吧。”就回来了。妈妈做什么好吃的都给她端一碗,有时自己也咕哝:“你爸要是当初不跟她离婚,恐怕就不会得这种烂病。”

有一天,庆贺二美生日。屯屯和两个姐姐喝果子酒,都喝得有些高,胡乱说,我们的生命来得多不容易啊,这个世上差点就没有我们姐妹三个了。

大美说,如果爸爸不跟小白帽离婚。

二美说,如果妈妈不跟爸爸结婚。

屯屯说,如果二奎一家不走,这个家就是一家四口。爸爸,小白帽,大奎二奎两个哥哥。

大美问,如果那样,二奎还能当行长吗?

二美说,不当行长也能当局长。

屯屯说,是雄鹰在哪里都能高飞。

姐妹三个聊得高兴,喝得也高兴,都把自己放倒了。那是爸爸手术后最高兴的日子,医生说,手术很成功,半年以后陶师傅就跟从前一样了,打球、骑马、弹琴,样样行。爸爸参加了一个俱乐部,经常骑马到很远的地方。

没想到半年以后成了这样。妈妈说，是她的错，如果不手术情况也许会更好。大美和二美都说，爸爸心事太重了，活得好好的，总想死后打幡的事，好人也会抑郁的。

妈妈马上沉了脸。打幡的事也是她的心病。

屯屯把脸埋进碗里，她想，都是自己无能，才落得眼下这个局面。自己不去埙城，爸爸就不会指望。每次来，爸爸都要偷偷打听二奎的情况，问二奎对她好不好，有没有请她吃过饭。屯屯夸张地说，很好啊，经常请我吃饭，每次都去高档餐厅吃龙虾。爸爸笑得特别幸福，仿佛为当年的错误找回了安慰。十八层旋转餐厅那顿饭，吃得不愉快，却被屯屯借用了很多年。屯屯经常对自己说，爸爸的病，你也有责任，年复一年地让他空指望，他多受了许多煎熬。喝了一碗肉汤，屯屯放下碗，说："我去熬补血草。"

都说不用熬，熬了也没用。屯屯不理。熬出来的补血草装进罐头瓶里，是深红的颜色，真像血浆一样。屯屯不顾一家人的劝阻，还是跑到了医院。她想，我横竖也得把补血草喂给爸爸喝，管用不管用，我都要喂给他，否则不是白回来一趟吗？大美的女儿佳佳充当临时陪护，她的男朋友在这里上班，说好的今天他们值一夜。看见小姨进来，赶忙闪了出去。爸爸的手臂露在外面，冰似的凉，屯屯给他放进被单里。补血草倒进碗里一些，屯屯用汤勺舀起，对爸爸说，你的血管里没血了，老神仙说，喝了这些就能把血补回来。来，张嘴。汤勺凑到爸爸的嘴边，爸爸嘴唇动了动，但没有张开。屯屯说，你喝一点，我跟你说哥哥的事。爸爸嘴唇颤动两下，真的张开了。屯屯小心地把补血草倒进爸爸的嘴里，顺嘴角流出了些，但非常明显，爸爸有一些吞咽的动作。屯屯说，我一会儿就跟他联系，让他过来看你。你高不高兴?爸爸微微点了下头。屯屯说,我不知道你病得这样重,否则我会带他一起回来。爸爸扯动眼皮,努力想睁开眼睛。屯屯注视着这一切,那颗心突然坚定了。

屯屯在乌鲁木齐给桂二奎发了信息,没得到回应。屯屯想,人家只是客气一下,并不是真的关心你。到了奎屯,因为一直想到哪里去采补血草,就把发信息的事忘了。

“他如果真关心,怎么就不能主动联系我呢?”私心里,屯屯有得寸进尺的想法。

“他不行了,就剩最后一口气。可他想见你。你能让他见你一面吗?这样他死也甘心了。”这样几句话,修改了好几遍,该表达的想法和感情,客气又不失亲昵,还得很郑重,否则,不足以引起重视。屯屯在路灯底下连续敲了很多个流泪的表情,想了想,又点了发送位置,显出的是奎屯人民医院。

我在医院，人不行了。屯屯又加了一句。

屯屯仰着脸看天。一颗玻璃球大的星星钻出来，眨了下眼，又没了踪影。屯屯觉得自己就像那颗星星一样，无所适从。或者，她总是无所适从，不管是在坝城还是在北疆。她都是一个无所适从的人，身边有亲人，却走不近，靠不上，真是无可奈何啊！这颗星也许就是爸爸，以这种明灭的方式提醒她。屯屯很焦灼。等了足有十分钟。这十分钟真是漫长。没有消息。还是没有消息。她一咬牙，把电话拨了出去。“您拨打的电话已关机。”她反复拨，几十次都不止，手机键都快要被摁掉了。“他这是故意的。”屯屯一边摁键手一边哆嗦，“他一定知道我会打电话才关机的。他不想被打扰。”可是，他有理由接受打扰吗？没有。没人告诉他他是谁。与远方的陶子晟有什么关联，他不知道，他也可以假装不知道。我们谁都没有勇气告诉他真相。真相，被厚厚的历史尘埃湮没着，有时候，我们甚至惧怕这一点。因为里面包裹的是不堪、耻辱、丑陋。屯屯就像晚秋灰败的一棵芨芨草，在清凉的月光下往家里走，直走得泪流满面。她觉得，自己犯了战略性错误，她一直胆小、谨慎、虚妄地对待桂二奎，等待他觉悟。自以为是，步步为营，其实是给了他逃避或隐遁的理由。所以，他送给她一万元钱甚至都不说用项。他分明是不愿意介入其中。他用钱画了一条河，把屯屯以及与屯屯有关的一切隔到了彼岸。没有比这更阴险的了。试问，以后屯屯还能再去找他吗？屯屯情不自禁地要打摆子，她觉得，自己被耍了，回来时一路的兴高采烈是因为自己蠢。她以为，他们之间的关系是澄澈的，是不言自明的，其实哪里有这么简单。想起了自己的这半生。二十年最好的年华都给了守候，今天的局面却如此不堪。她赌气关上了手机，也关上了与他的信息通道。她越来越不敢想明天会怎样。父亲躺在病床上，一家人都眼巴巴地看着她。他们不知道，她在埙城这么多年还是无法走近他，跟他说话还要紧张。屯屯觉得自己快要死了，浑身连一丝力气也没有。“就让我死在爸爸前边吧！”她边走边嘟囔。终是不甘心，走到家门口，又打开手机看了一眼，她彻底绝望了。屯屯想，我们不是一个时空的人。我们是过错而不是错过。我们之间的距离比新疆到埙城还要遥远。

血缘也是一条河流。就让这条河流终止吧。

白色的纱绷子罩着餐桌上的盘碗，屯屯揭开看了看，有她爱吃的糕点、绿豆汤和煮鸡蛋。屯屯揉了揉肚子，昨晚的鹅肉汤都还在胃里，她吃得实在是太多了，眼下一点胃口也没有。屯屯重又把纱绷子罩上了。

几件衣服挑拣了一下，仍是穿了那件长着补血草的连衣裙。这件连衣裙,隐约代表了一种心境和象征,穿在身上能有些许安慰。奎屯的太阳可真明亮,通透得就像一面镜子,光芒四射。妈妈和姐姐一早就去医院了,说好的让屯屯睡到自然醒。屯屯眯着眼,在偌大的院子里走了一圈。这里一共有十一排房,五十几户。现在留下的住户不到三分之一,都是老弱病残。许多屋脊都坍塌了,上面长着各种各样的草。小的时候,屯屯串过二十几户人家的门子。从内地来的,她只没去过小白帽家。妈妈经常说小白帽的是非,让屯屯对她一点好感也没有。小白帽住在最后一排,离水房很近。她嫁了一个安徽人,那人去登天山时跌断了腿骨,成了跛脚人。后来他们收养了两个儿子,大宝十七岁那年用荆条筐去屠宰场背马肉,回到家里自己煮,吃完通体是黑的。原来马肉沾了荆条就成了剧毒,老家的人都知道,但大宝不知道。二宝开一辆红色的出租车,在外面买了房子，很少回老院子来。建家属院的热闹场面屯屯还记得。家家挖坑土，脱土坯。爸爸赤脚踩泥窝窝，那些泥浆要掺上些麦草才有筋性。四个框的器物叫坯模子，把那些拌好的泥浆塞进模具里，用拳头杵紧实，再把坯模子小心朝上一端，一块坯就像毛豆腐一样落在地上。横几排竖几排，亮得像一片水塘。奎屯的太阳很快就把坯的表面晒干，屯屯放学时，和姐姐们一起把土坯搬起来，搭成“人”字形，晒另一面。待完全干透，就可以造房子了。热火朝天的场面留在了记忆里，长长的一条街上只看见几个寥落的老人。年轻人不喜欢老房子了。他们喜欢带电梯的洋房，宽大的露台架在半空，或者移一些土在阳台上养花种草。从这点来说，内地和边疆的年轻人都一样，亲近土地的方式更像是隔靴搔痒。

可当年这院子里的味道多迷人啊。维吾尔族人把炉子砌到外面，烤馕。南方人做甜点，北方人做水饭。一对哈萨克族夫妻经常提来猎物,有一次,他们居然扛来一只金狐狸,三角脸贴在后背上,就像睡熟了。塤城来的人从家乡带来了各种各样的种子,他们听说这里的土地广博,种子可以随便丢进地里。高粱有黏高粱、笨高粱,谷子有大黄米、小黄米,还有各种各样的蔬菜种子,把园子种得像开博览会一样。记忆最深的是冬天的雪,一早醒来,大雪封门。爸爸赶紧搬来木梯,去房上扫雪。大团的雪落下来,在屋檐底下堆得像小山一样。大美跟妈妈用推车往外拉,二美用木锨往外推,屯屯则跟着爸爸爬到了房上,她从小就胆子大。结了冰的房草又湿又滑,爸爸还在扫雪,发现屯屯已经像鸟儿一样飞到了空中,扑通落到了雪堆里。雪粉迸溅而起,被风旋起几米高的雪瀑。房上的爸爸吓坏了,赶紧从木梯上下来,屯屯已经从雪窝子里爬了出来,连睫毛上都是雪粒子。她蹦跳着说:“太好玩了!太好玩了!”

大美、二美也不甘示弱，争相爬到房顶，姐妹三个就像跳水运动员，依次往下跳，左邻右舍都跑出来看热闹。爸妈哭笑不得。后来，爸爸受这次“跳房子”的启发，在外面修了块有落差的滑雪场。

水房还在西北角矗立着，圆溜溜的像个炮楼，上面长了数不清多少种植物，葱绿的叶子挤挤挨挨，有的巴掌大，有的指肚小。一棵柳树居然长有小孩胳膊粗，旗杆样地在上面晃。冬天到这里挑水是个危险活，冰凌冻得有一尺厚，经常有人摔得人仰马翻，骨头摔劈摔断。屯屯带领学雷锋小组来做好事，专门扶装满水的水桶，防止外溢。结果是，水都洒到了自己的棉鞋上，棉鞋冻成了冰蛋子，回家被妈妈好一顿骂。

八

“裙子可真是好看呢，这花是补血草吧？”

屯屯扭回头去看，椿树底下站着灯碗姨，掐着一把韭菜打量她。因为妈妈的缘故，屯屯小时候几乎没跟她说过话，她们背后都叫她小白帽。妈妈经常嘲笑她的矮身量、蒜头鼻。年纪轻轻就是少白头，一个髻绾到脑后，用网子罩着，走路一颠一颠，像箍着个小煤球。在妈妈眼里她一无是处。屯屯也觉得她一无是处，说话嗓子尖细，像踩了猫尾巴，走路瞅脚尖，跟谁都不打招呼。可她有一股蛮力，下手抓住羊的两条后腿，手腕一翻，膝盖一顶，刀尖对准羊的颈项，放血连一根羊毛也不沾。其实她的身量没有那么矮，鼻梁也算周正，就是鼻头略微大一些。她姓姚，罕村姚姓是大户。当年嫁到陶家也是贪图陶子晟的模样人品，带到新疆来这么一丢，就把她丢背过气了。跟陶子晟一样，她从出来就再没回过罕村。

除了路途遥远，年轻的时候都觉得没脸回去。

她比陶子晟大三岁，可看上去哪有大三岁的样子啊。她看上去那么结实、精干。两只脚踩在地上，看着就有根。说实话，她也不像妈妈说的那么不堪，妈妈纯属埋汰她。屯屯朝她走去，她把韭菜放到一个石礅上，走出了椿树的阴影。搭着凉棚看一眼，惊叫说："是小美啊！你爸喝到了你采的补血草？"

屯屯叫了一声"姨"，问她听谁说的。灯碗说早上出去买早点时遇到了你妈，你妈说二奎也回来。

屯屯含混地应了声。

灯碗马上问，他啥时来，是坐火车还是坐飞机？

屯屯只得说还不一定，心下也奇怪她怎么会对二奎感兴趣。问她弄韭菜做啥饭，她说包素馅饺子。"老家的伏天韭菜是臭的，奎屯的韭菜是香的。"她的话更像是别有深意。“二奎走的时候才一个月零八天。”她说,“那年的奎屯六月飘雪。”

这是在说往事还是在说气象?她的话屯屯不想听,屯屯岔开了话题。问她是不是吃韭菜鸡蛋馅,她也意识到了屯屯心不在焉,寥落地说:“小美,中午在这儿吃吧。”

屯屯说,等会儿要去医院,爸爸的情况很不好。

灯碗说,他就是在等二奎。大家都知道,他就是在等二奎。

屯屯的心里抽动了一下,赌气似的说,二奎要是一辈子不来呢?

灯碗不满地发出一个鼻音,说,你爸这辈子,就这么点念想,你们怎么就不帮帮他,让他了了心愿。他心里苦。

屯屯奇怪地看了她一眼,心说当年是他抛弃了你,你倒不说自己苦。

屯屯想走，灯碗说，你到我家坐坐，我给你看样东西。

屯屯迟疑了一下，但没挡住好奇心。她想会是什么东西让她看……突然想，灯碗心里应该有秘密，她当年也是当事人啊。

屯屯跟随灯碗走进了家门。锅灶，火墙。因为没有后窗和后门，屋里暗得影影绰绰。这房子早先建成什么样现在还是什么样，墙壁黑黢黢的，贴着两张门神画，也落满了灰尘。不像屯屯家里，隔断打通，辟出专门做饭、吃饭的地方。后窗装上玻璃，房间变得通透。每年都刷房子，墙壁总是雪白。跛脚丈夫早就去世了，她这些年过得有多狼狈，看一眼这房间就知道。

炕边是块毡子，有着繁复的图案。屯屯小心地坐了上去。灯碗说，这毡子还是当年你爸买的。他去乌鲁木齐开会，买了两块花毡，另一块送给了二奎的妈。

这话是什么意思？屯屯皱着眉头想。那时妈妈甘绒花还是黄花闺女，与这件事情不搭界。花毡如果几十年不清洗，灰尘大概能落豆腐厚。好在这块花毡还是薄的。屯屯使劲想罕村的桂长河家，他家有高门槛、土坯炕，屋里整齐洁净，被子叠得像豆腐块，但记忆里没有这块花毡。

“他妈年轻的时候一定是美人。”屯屯搜索着记忆。她就见过二奎妈那一面，不冷不热。自家婶子说，那是个凡人不理的主儿，“她以为自己是菩萨。”婶子鄙夷，“常年吃斋念佛。”

“长得是不差，比你妈好看。”灯碗抓了一把沙枣给屯屯，没注意屯屯皱了一下眉头。

“我爸是咋跟她扯上关系的？”屯屯假装问得随意，其实她心里特别好奇。眼下爸爸躺在病床上，这些不雅之事似乎也轻淡了。爸爸的作风问题让妈妈数落了一辈子。屯屯也奇怪，爸爸为啥跟人家生了两个儿子而又没跟人家结婚。“他傻子一样让人骗了。”这话妈妈只敢偷偷说，“他让人家骗了，他又骗了我。”

“这话不该我说，回家问你妈。”灯碗的声音有点冲。

“我妈不知道。”屯屯的口气也硬了起来。

“她成心装不知道！”

屯屯无言。有点后悔跟灯碗进到这屋里来。看来和解只是表面上的。妈妈经常送来好吃的也没能温暖她，也许她这一辈子太孤寒。始终没有原谅那个带她来新疆的人。她在这里没有一个血亲，却要在这寒冷的地方待一辈子。

换了谁都不会轻易说原谅。

屯屯的心里柔软了一下，想妈妈为什么来送吃的，无疑，人都老了，有些事能够放下了。但以妈妈的心性，她无疑觉得自己是站在高处，虽然一辈子也谈不上幸福，但与灯碗比，她是胜利者。胜利者容易有姿态，况且爸爸需要她这种姿态，妈妈自己也需要。

妈妈甘绒花是一个会“作”的女人。当年是文艺女青年，被人敲锣打鼓送来的。妈妈打小父母双亡，跟舅舅舅妈长大。国家号召支边，她第一个报了名。舅妈哭哭啼啼劝她不要去，说，新疆那么远，坐火车都要半个月，去时容易回来难。甘绒花刚强地说，好儿女四海为家，你没听广播里说吗？舅妈劝不了她，去邻居家借了十个鸡蛋，想煮熟了让她在路上吃。甘绒花却不愿意等，自己背着铺盖偷偷跑了。甘绒花被分到了离奎屯一百多里的农场，说是农场，却连一棵庄稼也没有。没有卫生纸，来月经了自己烧草木灰装到布袋子里垫下体。冬天开垦芦苇地，跳进淤泥里清淤，冰碴直往鞋里灌。夜里就睡在芦苇湖里，身下铺着茅草。几根棍子四角一支，上头盖些芦苇就是草房，很多人指甲盖都冻掉了。她跟爸爸认识三个月就结婚了，因为奎屯比农场条件好，火墙能让人夜里睡觉冒汗。

甘绒花结婚前是一个人，结婚后是一个人。如今老了，大概又变成了另外一个人。大美曾经对屯屯说，妈妈有时惦念二奎，比惦念你还强烈。

屯屯眨眨眼，记忆中不是这样的。她问，为什么？

大美拍了她一下，说，你以为只有爸爸想打幡的事啊！

她添什么乱啊！屯屯不满。

“您想让我看什么？”屯屯有些坐不住了，她心里虽然有些柔软，但她不喜欢眼前这个女人。她的略带鹰钩的鼻子像一只隼，眼神也泛着凌厉的光。这屋里的一股不洁气味也许就是她身体散发出来的。

灯碗打开柜盖,拿出来一只铁盒子。大概许久没有打开过,她搂在怀里开得很吃力,有指甲摩擦的凄厉声。她到底还是打开了,里面是一个蓝布袋,有点像小时候见过的烟袋荷包, 封口处系着白线绳,那线绳已经是老旧的颜色了。她把线绳解开,把口松一松,倒提着往炕上倒,一个一个滚出来的,居然是羊拐骨。

屯屯目瞪口呆。

那六根羊拐骨落在炕上,彼此撞击时发出清脆的声响。它们摆出各种各样的姿态,各个温润如玉,安静得像只小猫,却支着耳朵。岁月没从它们身上行走过,它们还像初始那样清秀洁净。屯屯吃惊得眼珠差点落下来,“这是……”

灯碗用手一划拉,六根羊拐骨悉数抓到了手心里。她摩挲着说:“你……忘了? 这是当年我在屠宰场收集的。那样多的羊拐骨，要怀孕的母羊水色最好，还得是前腿。羊大了不行，小了也不行，一样大，‘耳’清晰，等了好多天才遇到合适的。用毛刷刷干净，用开水煮去油污，埋土里去腥膻，然后又用蜡油包起来，模样才好看。那时小姑娘玩的羊拐骨都刷红漆，像从血锅里捞出来的。有天我下班，正碰上你因为羊拐骨哭鼻子，要借别人的玩，人家不让。我就想，我要给你找几根最好看的羊拐骨，让你在小伙伴面前有面子……没想到你不要，还没一刻钟就还了回来，扔在了雪堆里。二宝气得哭着拿回家来，说连个黄毛丫头都瞧不起我们。我说，她不是瞧不起我们，她是听了大人的话，将来有一天她长大了，就会懂得我们的好意。”

屯屯心潮起伏。这一段话包含了多少油盐滋味啊。那些遥远的记忆只剩下了一些轮廓，被她一提拎，慢慢就凸显了边缘。那六根羊拐骨就像心头肉一样,让她多么不舍。可她惹不起家里那个朝天吼,说如果不还回去就永不许她吃饭,屯屯怕她说到做到。她小时候就怕挨饿。

“你还要吗?”

还用说?虽然都忘了怎么玩。屯屯使劲儿想,一个“耳”代表什么,一个“平”代表什么,记得玩法有多种,却一个也想不起来。难道自己也老了?屯屯忙不迭地说:“我要,我当然要。”

灯碗把它们重又装进布袋里。

屯屯谨慎地说:“上一辈的事我搞不懂。可我知道,我爸对不起您。”心里在想,我爸若对得起你,这世界就对不起我了。

“不是。是我对不起你爸。”

屯屯又被惊住了,她的样子平和诚恳,屯屯不禁问:“您能仔细说说吗?”

她叹了口气,拍着那块毡子说:“当年二奎就躺在这上面，睡了八天，每天都睡十几个小时，醒了就睁大眼睛看屋顶，从来不哭不闹。二奎出月就被他妈抱了来，说这个孩子姓陶不姓桂。我早早备了一只羊，让二奎喝羊奶。二奎小时候可好看了，两只大眼滴溜溜转，嘴唇红得像抹了胭脂。刚出月的孩儿，就'嗬嗬'地会跟你说话。可谁想到他们又变卦呢？那晚下大雪，你爸去农业站开会去了。二奎妈穿着一件皮袄进来，浑身上下都是白的，脸也是白的，像一只野狐狸。她进门就扑通跪下，雪抖落了一地。她说，这孩子不能姓陶，得姓桂，否则桂家人会剥了我的皮。我问她是咋回事，这事是立了字据的，她和你爸生两个儿子，老大姓桂，老二姓陶。大奎都三岁了，你爸终日提心吊胆，怕她生个闺女……二奎妈哭着说，我是卖给他家的，这事我做不得主。他去哪，我得跟着去哪。他让我干啥我就得干啥，否则将来遭罪的是孩子。他说回老家，我就得跟他走。他说得把两个孩子都带着，我就得过来抱……我的命不打紧，还有大奎呢，他得有个安身立命的地方……说完就砰砰磕头。只几下，脑门儿就流血了。她用袖子一抹，脸就成了血葫芦。我在屠宰场杀羊，可我怕人的血，看见人的血我就哆嗦……她抱孩子的时候我动也没动，就那么眼巴巴地看着她把孩子揣进皮袄里，走了。

“你爸开会回来看见孩子没了，简直疯了，一拳就把我杵到了墙旮旯。带人骑着快马一直追到乌鲁木齐市，也没见着他们的影儿。他以为是我不愿意照看别人生的孩子，故意把孩子弄丢了。‘你连牲口都敢杀，我不信你抢不过她！’我是抢得过她。后来我一直想，真要动起手来，她抱不走这孩子……可她是孩子的妈呀。你爸一辈子也没解开这个疙瘩，他就是觉得我把他儿子弄丢了。”

“真的不怪您。”屯屯痴痴地像在说梦话。她想起自己曾经怀过的一个孩子，那一定是个儿子，四十天，才像一粒葡萄大，在邻县的小医院把他弄丢了。那年她才十九岁，根本没有做母亲的打算。如果把他生出来，会送给别人吗？哪怕那个人是亲生父亲也不行，绝对不行。屯屯心里忽然一阵钝痛，她对眼前的女人有些肃然起敬。那个雪夜发生的事改变了很多人，满脸是血的母亲要抱婴儿。若真厮打起来，孩子说不定会摔到地上。会把二奎摔成脑震荡。那样，生活就走样了。

屯屯情不自禁地笑了笑，伸手握了下她的手，那手像鸡爪子一样瘦。

“二奎啥时候回来，小美你告诉我一声，我想看他一眼。”

二奎不仅是爸爸的儿子，也是她的儿子。屯屯点点头，却不愿说二奎根本不可能回来。没有比自己更失败的人生了。坐在这女人面前，屯屯发现自己连她都不如,鼻子一酸,眼睛就湿了。把布袋抓在手里,屯屯赶紧起身告辞,女人着急地说:“我话还没说完呢……二奎的妈,其实有可能跟你爸结婚……”

“他们结不了。”屯屯微笑着说。

“一家人都在找你,你怎么在这儿?”

走进来的是二宝,一副胡子拉碴相,头发长得遮住了脖颈,油汪汪的似乎很久没洗了。屯屯一下蹦了起来,“我爸咋了?”

二宝连忙摆手,说,不是你爸咋了。是你姐,大美,打你电话总关机。说这都晌午了,不会睡到这么晚。她是不是又跑了?我正好在医院门口拉活,她打发我回来看看,你家里没人,我就寻思来家里先看看,没想到你在我家。

屯屯这才把心放下了,摸了摸口袋,手机还在床上。她没有瞅二宝，她瞅羊拐骨。二宝一看就知道是怎么回事，说，你拿它干啥，又不会再玩。

屯屯把羊拐骨收起来攥紧了，说，姨，我走了。

二宝说，我送你。

屯屯说，不用。

屯屯先回家拿手机，顺便把羊拐骨放进了行李箱。似乎把年轻时的一颗心也放了进去。那颗心一直不安稳，放进去，就妥帖了。她平静地打开了手机，查看信息，只有大美的几条留言：睡醒了吗？起了吗？吃了吗？

“我还就不信了，没人打幡就不死人了。”屯屯自言自语。她用两只碗扣住鸡蛋，骨碌骨碌地摇，把皮子很快都摇散了。

她两口就把鸡蛋吃了，噎得直抻脖子。屯屯用最快的速度喝了几口绿豆汤，吃了块点心，她得赶紧去医院。鸡蛋皮子和点心渣子用纸包起来，丢进了垃圾箱。出来发现二宝的车就停在了门口，屯屯想绕过去，二宝下车拉住了她，把她塞进了副驾驶。

二宝的车很脏，一股烟油味。屯屯摇下了车窗玻璃。那玻璃有些故障，下落时咯吱咯吱响。

“有点小毛病。”二宝看也不看她。

屯屯偏头看着窗外。出了家属院左拐两百米就上了大马路，奎屯发展很快，很多现代化的建筑拔地而起。马路的对面是繁华的商业街。过去这里是所中学，左右都是林地。屯屯放学的时候就像一只警觉的兔子，看准了才往家跑。不知有多少次，她在晚上放学的时候被二宝堵住，二宝把她逼到了坎下的林地里，让她跟他谈恋爱。有一次，二宝强行亲她的嘴，被屯屯一巴掌推开了。屯屯奔跑时，被二宝扯到了衣襟，一溜扣子都不翼而飞。这样的丑事都是屯屯在暗夜里自己消化，从没对别人提起过。

“我也去过塤城。”二宝给自己点着了一支烟，看见屯屯皱眉，又在车帮上摁灭了。“你不信？你走以后我整天担心，怕你出事。后来我从家里偷了点钱，坐火车到了北京，然后又坐汽车到了埙城。在西关的早点铺子喝了碗羊肉汤，那味道比奎屯的差太远。这件事我跟谁也没说过，我在城门洞子里住一宿，就回来了。埙城也没有什么好，两条街，几分钟就走到了头。城西有座庙，我从那里过，没进去。我想去罕村，又懒得去。我妈都不回去，我去算怎么回事，人家也许都不认我。城门洞子里不走车，夜里住的都是流浪的人。我妈经常说，我们家跟你们家肩膀头儿不一般高。那时我不认，后来明白了。”

“我们有啥可高的？”屯屯丢了一句。

“你们一家彼此都是亲人，跟我们家不一样。我们家谁跟谁都不是亲人。”

“爹妈也不是？”

“爹妈也不是。”

二宝朝窗外吐了口痰，目光盯紧前方。

“你不要这样想。”

“从小大家都这样说。”

“我从来没这样说过。”

“所以我喜欢你。小美，你比别人心眼儿少、单纯。我那时是真的喜欢你。所以你出走我很难过，我那时还想你是因为我才离开家的。”

屯屯不说话。那时她出走的原因复杂，但肯定不是因为二宝。她不喜欢他，可也不怕他。她不喜欢他纠缠，就像不喜欢吃某道菜，见了就想绕着走。她可是从没想过二宝去坝城找她。

“你的孩子好些了吗？”

“脑瘫的孩子就那样。不过现在自己能走了。”

屯屯心中涌起悲悯。他们的苦难都是病孩子造成的。他和灯碗姨的关系没处好，可灯碗姨的工资卡在他手里，常年支付孩子的医药费。

“我想听你说一句心里话。”二宝说。

“啥？”

“你离家出走，跟我有关系吗？”

“没有。”屯屯轻轻叹口气，“我为什么走，全奎屯的人都知道。”

九

一束花先送进来，然后是一张脸。戴眼镜，厚嘟嘟的嘴唇，有些夹鼻，大脑门儿锃亮。大美跳起来的同时，妈妈突然喊了一声："陶子晟！"然后就捂住了嘴。妈妈剧烈地摇晃着爸爸说："陶子晟，快醒醒，你的补血草来了啊！"

二美惊慌地喊："回血了，回血了。护士，护士！"

护士跑过来梳理了针头和输液管，说，你们看着点，这么多人，还让病人动。

大美冲过去抱住了二奎，使劲地摇，泪花迸溅，却无语凝噎。二奎还木讷着，他没有准备迎接这样隆重的礼节。他刚一探头，她们就知道他是谁，而他有些拿不准。

她们都在抹眼泪，一屋子眼泪纷飞。他不好意思面对这些女人，把花放到床头柜上。他有些惶惑，自己似乎走进了一个激动的王国，这种激动似乎与他有关又似乎无关。他赶忙凑到病人旁边，双手支在护栏上，俯下身子端详。他需要确认，这个叫陶子晟的人，身份朦胧而又暧昧。大美搬了把椅子让他坐，搀扶了他一下，触到胳膊上的手有点凉，像贴了块膏药。病人在均匀地呼吸，脸颊赤红，眼皮偶尔跳动，像是在装睡。他的手、小臂、被单下的胸脯、脖颈以及整张面孔都十分消瘦。他把陶子晟的手抄起来，握住，就像握住了一把柔软的植物。根子植入血管，触须四下延伸。他们就这样声色不动地结成了一个整体，粘连、交织。他不知道说什么。他只见过陶子晟两次。第一次他去邮局寄衣物，惊炸了所有的人。那时他还懵懂。第二次是三年以后，陶子晟请他在附近的小饭店里喝了酒。四只眼睛看着彼此，彼此落在彼此的眼里，也在心里。隔膜而又戒备。甚至，连书信里的常温都达不到。他们的话题很小心，从不碰触彼此，以及与彼此相关的历史，甚至不谈罕村。他们小心地维护着这一点点陌生，仿佛是块糖果，稍有温度即化。陌生才是安全的，他扎了藩篱，阻挡他可能来的情感侵犯。事实证明他多虑。陶子晟比想象的要可靠和安全。他乐意成全二奎，一个父亲愿意成全自己的儿子。

今天他终于主动走近陶子晟了，没有想象的那么难。他从罕村出来的路上就一直在打腹稿，他要去看他，送他一程。他知道，这是陶子晟渴望的。也是自己此生唯一的机会，碰触和亲近血缘，机会转瞬即逝，永不再来。他特别害怕失去。原本他还觉得这是他和大奎两个人的事，可那个人突然变成了自己一个人的父亲，更让他觉出了紧迫和惶恐。原定好的会议简化了议程，一些约会临时取消了。他一边在文件上笔走龙蛇一边吩咐秘书备车，订飞往乌鲁木齐的机票,越快越好。然后订一辆商务车连夜去奎屯,我要在车上休息。奎屯最好的宾馆订一套房,这些已经不用他交代了。秘书回复说,那里甚至有一家邮政宾馆最好的房子在等待他。他在上午九点四十到达了边疆这座陌生的城市,阳光通透,碧空如洗。他南疆北疆走过很多地方,却从没到过这里。过去,他一直选择绕过这座小城,是因为心里有些东西像丝麻一样缠绕,让他不得安宁。如今那些不安宁的因素都自动消失了。他洗了个澡,换上干净的衬衣,委托前台小姐订了一束花。一切准备就绪,他开始联系屯屯。这么多年,他都没主动联系过她。私心里,他是有些愧疚的。他甚至有些紧张地想,第一句话应该怎样表达才不失分寸,是先问病情,还是先问补血草?或者,自己也跟她去采一些?昨晚,满屏流泪的表情让他大吃一惊。他以为自己来晚了,看了信息才明白,屯屯的话说得客气而又节制。“他不行了……你能让他见你一面吗？”

可是，他拨打的电话已经关机。好在屯屯发了位置，他没怎么费周折，就找到了医院和病房。

迷乱、兴奋、流泪、无措、确认彼此的身份、放下紧张和盲从……故事终于从高处跌落，病房恢复了常态。他像个普通的陪护一样倒了一次尿袋，洗了一次脚。大美烫好的小毛巾被他接了过来。有些热，他抖开来透了透风。一家人都看着他的手，酷似父亲的那双手，能弹琴和打珠算，灵动而修长。一张脸、背影、回头时转膀子的那个动作，都是年轻时的陶子晟的翻版。他的注意力都在病人身上，从额头到耳轮、眼窝、鼻翼、下巴都小心地擦拭，像擦一件珍贵的瓷器。这些事情他做起来得心应手，仿佛对方不是弥留，而只是睡着了。岳父住院的时候这些活计都是他干，远比做儿子的要尽心。今天，他终于为自己的父亲做了一回儿子。甘绒花两手撑在椅背上，似乎想站起来，但一直没站。她老了，胖而油腻。二奎的眼神一直避着她，但能感觉到她内心的不平和。她总想表达什么，却羞于出口。她的眼神凌厉，偶尔发出的声音具有一种覆盖功能，这样的人跟岳母一样，都具有一种掌控和欺凌欲，遇到更强大的对手会弱化，弱化到无。

他不好意思看她。她却不错眼珠地看着他，心中装满了复杂的情绪。那些无所适从的、亦远亦近的想法混乱交替。她跟三个女儿不一样，跟他没有任何关联。可她这一生的不幸都跟他有关。自从她知道丈夫不止有一次婚姻，知道他有儿子并私下来往，就强烈地感受到了不均衡。被忽视、被忽略、被轻慢、被蔑视的种种情绪随时迸发，一直血拼到老，到这个男人被病魔击倒，才回了头，以往的岁月其实并不完全像她想象的那样不堪，她人为地添加了许多作料和养分。可惜她醒悟得太晚了。这间病房因为他的到来有了喜庆和庄严，似乎一切都跟原来大不同了。医生和护士经常借故进来看看，重点看他。他无疑是经看的、体面的，有着成功人士通常有的自信和气场。绅士、礼貌，言不高声，但站在那里就有一种分量。

“护士，没液了！”

二美的叫声素来都是委婉的、柔弱的，眼下却有了几许张扬。小护士的鞋跟儿有点响，一路敲了进来，进屋就说：“嘿，老爷子终于醒了。”他正在烫小毛巾，一回头，陶子晟的一双眼睛睁得大大的，一动不动看着他。小护士熟练地挂好输液瓶，问：“认识吗，他是谁？”陶子晟清晰地说：“我儿子。”甘绒花喜极而泣，大声说：“他这一辈子不敢说‘儿子’两个字，现在胆子终于大起来了！”

“哥，你要请我吃饭，我想吃海鲜！”大美说得张扬。

“你请了小美那么多次，也该请我们了。”二美说。

“好的，想吃什么随便说，我请你们。”二奎语调平和，他很快认知了自己的哥哥身份。

“羞不羞，哥哥大老远来的，你们不请他，倒让他请你们。”甘绒花的声音听起来都像煮熟的糯米。

“哥哥就应该请妹妹，谁让他是哥哥呢。”大美已经有些撒娇了。

屯屯小心地推开病房的门，被一屋子的喜气洋洋弄得不知所措。一个高大的身影背对着她，她知道，他来了。刚才路过护理站，护士说，十八床的儿子一看就是个当官的。她就明白了。她并没有感到意外，他来与不来都是一种存在，她想通了。她的一颗心稍稍沉了沉，嘴角宽展了一下。她意外的是，他们的氛围那么好，完全像一家人。这是怎么回事？她错愕的样子让大家更发笑了，仿佛这不是在病房，而是在戏台底下。二奎把手伸到被单里，正在给爸爸做按摩。他回头朝她笑了下，她喊了一声“哥”，却像嘴里发出来的一个“嘘”声。她还是有些拘谨。走到床前看了看爸爸，爸爸仍然闭着眼。她走到墙角坐在一个凳子上，这样谁的视线也不遮挡。妈妈说，刚才你爸醒了，一眼就认出了你哥。大美二美也争相告诉她刚才的景况，大美附耳过来说：“护士问爸认不认识这个人是谁，爸清晰地说，我儿子！”耳朵潮乎乎地痒，屯屯赶紧用手揉了揉。其实她关心他有没有喊爸，大美不再往下说，她就知道了，他没喊。大美是一个藏不住事的人。

妈妈敞开嗓门儿说：“你哥才是你爸的补血草，你哥一来他就醒了。”

“他等了哥哥一辈子。”

“他一辈子的心思都在哥哥身上。”

“如果不是因为跟灯碗离婚，他说不定会追去罕村。”

“灯碗是谁？”桂二奎弓起腰来问。

甘绒花说，这些就像档案一样，早就解密了，二奎你也不要难为情，你的身世全奎屯人都知道。灯碗是你爸的前妻，不生育。是当年你爸从老家带出来的。你出生以后满月就被抱到了陶家，说好的送给陶家当儿子。你在灯碗的被窝里睡了八天，你妈后悔了，又把你抱走了。

二奎一下住了手，这里好像没有陶子晟什么事。

“也把你的童年抱走了。”大美调侃了句。她把哈密瓜切成小块用牙签扎着送到了二奎的嘴边，二奎躲了一下，接受了。

屯屯把这一切看在了眼里，补充说，你是爸爸跟桂家妈妈生的孩子。原本说好了，老大姓桂，老二姓陶。那晚天降大雪，桂家妈妈趁着爸爸开会把你抱走，一直抱回了罕村。爸爸散会后骑着快马追到了乌鲁木齐，也没有追上。回来爸爸就跟灯碗姨离了婚。他们两个一辈子都再没回罕村。

“你听谁说的？”大家几乎一起问，问完病房一下静默了，屯屯有些不安。

“我们小时候有多少好玩的事啊。”大美善于打破沉默，接着自己刚才的话茬说，“哥你在内地根本体会不到。从房子上往雪堆里跳，扑地一下，雪没头顶，出来连眉毛都是白的。爸给我们每人做一个冰船，从坎上往下冲，呼呼带着风声，像在海里冲浪。”

“你爸心灵手巧，就是一辈子抬不起头来。”

二奎有些尴尬，还是问了句为什么。

甘绒花说，因为没有儿子……没有儿子死了没人打幡，从内地来的人都讲究这个……我又生了三个丫头，肚皮不争气啊……你被抱走的事，成了全奎屯的笑话。那时候的奎屯就像个村子，好事不出村，坏事一个时辰就都传遍了。他在单位也出了名，大会小会挨批判、写检查，每次有运动就先运动他，让他交代作风问题，女同志都不敢找他说话……若不是他打得一手好算盘，怕连会计也当不成了。

甘绒花说得哽咽。她想起了自己，一辈子也因为这个原因跟他过不去。

“可我们小时候很幸福。”二美慢声细语地说，“那个时候生活水平低，大家都只顾一张嘴。可我们家有书报看，记得有《儿童文学》《少年文艺》《大众电影》等。小伙伴都爱往我们家跑，连老师都知道爸爸妈妈有文化。有一次，爸爸从呼和浩特回来，居然带来一本书叫《绿化树》，爸爸还没看，我们都抢着看完了……那个作家叫张什么来着，很有名吧。”

大美说：“那时我们已经长大了。”

二美说：“我是说，这些哥哥都没享受到。”

二奎静静听着这些，心中涌动着一种奇怪的感觉。仿佛他原本就是她们的哥哥，从来没有分开过。

“液怎么停了？”屯屯吃惊地站起身。她们的热闹她插不上嘴，她记忆中的童年生活不是她们说的那样。也许是因为年龄小，她把胆子吓破了。那颗飞翔的槽牙带着血的红线，她夜里经常梦见。

二奎缓缓地站了起来，垂下了头。他感受到了从这具躯体里渗出的丝丝凉意，皮肤不再润滑，而是逐渐僵硬。“他走了。”

十

“我知道你当年为什么离开奎屯，不像别人说的那样是跟小兵蛋子私奔。你是为了不丢这个哥哥，才千里迢迢地回去守着他。”二宝看了一眼二奎，在屯屯的耳边悄声说，“你到底把他守回来了。”

屯屯被孝衣包着头，扭过脸去，一下捂住了嘴。

陶子晟的葬礼按照家乡罕村的仪式举行，送葬的队伍排起了长队。长幡被二奎高举着，像一面旗帜。幡有白幡、红幡、花幡、杠幡。杠幡就是把幡放到棺材上，意味着后继无人，自己的幡要自己顶。打白幡证明你至少有儿子。奎屯从来也没人打布幡，他们打的都是纸幡，二奎别出心裁，请人定制了布幡，两边是亡人的生卒年月，中间是名字，在奎屯的天空底下，猎猎地飘。过十字路口的时候要烧纸，屯屯跪在二奎的身后，看他点燃了纸钱，火光跳起来，二奎小声说：“爸爸，一路走好。”

屯屯满脸是泪，一下就哭出了声。

爸爸被葬在了南山坡下，周围是大片的补血草，开得让人异常宽慰。墓碑上写的是“第一代支边人陶子晟先生之墓”，这也是根据二奎的要求定制的。二奎说，爸爸是为建设边疆来的，理应把“支边”两个字写上。甘绒花本能地想反对，她觉得太过仪式化了，不像家人立的碑。可看着大美、二美都围着哥哥转，她还能说什么呢？

屯屯翻到了黄板的电话。十几年过去了，也不知他有没有换号码。“你知道我跟桂二奎是什么关系吗？他是我亲哥哥。”屯屯发了条短信。

时间不长，手机铃音响了。黄板说，哪天我去邮局找你。

屯屯说，我辞职了。

这话冲口而出,屯屯心里一动。她是觉得她不需要坝城了。

黄板问她辞职准备去哪里。

屯屯说,还没想好。

屯屯把黄板删了,然后关上了手机。

故事的N种讲法

作者 尹学芸

香香姑娘喊我去群里听故事，于是就有了这部中篇小说《补血草》。

香香不是我生活中的朋友，她是我的网友,居住在江南水乡。她到北方来,或我到南方去,见过几次面。她把故事讲出来的时候有许多人围观，但写成小说的肯定只有我一个。补血草这个物种,曾在我的生活或记忆中出现过,当然,它叫别的名字。

生活的触动是诱发创作的根本。我描写屯屯时，无论如何也难以避让心中的朋友，虽然我极力避让。但那种跳脱的性格，或指甲上的一抹颜色，只有我知道，与她相关。但这都不是构成小说的重要元素。说到根本处，补血草这样的植物，在中国既意味着宗族血脉延伸，又彰显着历史渊源。从东到西，从南到北，幅员有多辽阔，那种渊源就有多长远。

小说写完以后，我特意去了趟新疆。那天是二〇一七年十月二日，我是趁国庆假期出游的。从查找线路到最后做出决定只用了一个晚上，而这一天已是九月的最后一天。然后便用一天的时间准备行李物品，转天的十二点三十分我已经在乌鲁木齐走下了飞机的舷梯。天气干燥而凉爽，风几乎能跟天上的云朵连在一处。

这次的代价有点大，因为是第一次跟团出行，我特意找了个伴儿。从乌鲁木齐到鄯善，从吐鲁番到布尔津，从喀纳斯到天山，北疆走了个遍。但没有去奎屯。奎屯的路标一次一次从眼前掠过，每一次都让我心动。策划过脱团以后坐火车、自驾游，甚或像主人公屯屯一样用脚步丈量，但愿望最终没有实现。这有点像小说中的桂二奎，他也是走遍了北疆的人，他不去奎屯是因为心里有牵挂，所谓近乡情更怯，近人意更惶。隐衷在体内变成了青蛙，一不留神就会生出一群蝌蚪。

这以前我没去过新疆。我此次去新疆就是想感受一下氛围和环境。小说虽然写完了,但那些人物和故事在心头挥之不去。我想我到新疆看一看，他们就可以被放下了。我选定奎屯并不是主人公与奎屯有渊源,而是出于这样那样的考虑。

大巴停在路边，我问身边的人:“你听外面是什么声音?”“没有。”人家总说没有。可我分明听得到。我发了一条朋友圈:“第一次在新疆的土地上行走，我为什么总听见有人在哭？”后来终于弄明白了,后面跟了一条:“哭的是风,风也寂寞。”是的,时过境迁我依然觉得那是哭声,只不过是裹在烈烈的西风里,别人听不出。他们就哭给我一个人听也未可知。他们知道我是为什么来的,我希望能在这片土地上见到他们。在我的心里,哭其实并不意味着悲伤,而是意味着在无垠天地面前的渺小和卑微。我们的灵魂渺小而卑微,所以我们仓皇地在风中啜泣。

我情愿认为这是一个有关守候的故事。不管是主人公屯屯,还是那个灯碗姨,抑或是屯屯的母亲甘绒花,在历史长河中都微不足道,她们都太渺小。可人物就是从那种微不足道的渺小中走出来,让我完成了叙述。

这样的讲述于我还是第一次，我过去的故事大多是从罕村到埙城，这个故事从埙城延伸开去，有了更宽阔的背景和更广阔的天地。评论家徐勇说：“小说……显示出来的是以亲情作为纽带所实现的历史和现实的和解。可见，这篇小说虽然写的是亲情，但使其显得厚重的，却是历史。是现实深处的历史，使得这部小说显得格外苍凉和浑厚。”

从新疆回来，我把文字进行了修整。里面肯定多了属于新疆的元素，这是我去新疆的收获。其实，还有收获没能容纳到文字里，但千里戈壁，一直都在心里。

尹学芸的《补血草》：苍凉与温馨

评论

作者 徐勇

就小说内容而言，《补血草》讲述的并不是一个多么动人或多有新意的故事，但却给人以感动。这可能要归功于作者尹学芸讲故事的能力和叙述上的节制。一个本无太多波澜亦不曲折的故事经她之手随意点染，转瞬之间，立马变得摇曳多姿、旖旎动人，这就是叙事的魅力。小说所采用的是第三人称限制视角，而非第三人称全知视角。即是说，叙事视角在谁身上，我们便只能知晓这一视角人物的一切：他的内心所想和他的所见所闻。但这种限制视角又不是贯穿始终的,而是移动的,服务于叙事和故事情节的推进,即是说,我们读者并不总是被限制在某一固定的视角内,随着叙述视角的转移,我们所知道的也发生相应的变化。与这样一种限制视角相伴随的,是小说中的叙述语言也都尽量限制在视角人物的视角内,客观而克制。小说伊始,女投递员屯屯在回老家探望生病的父亲前去向一个叫桂二奎的邮政银行行长辞行。故事发生在办公室。小说叙述相当节制,我们只知道进门时屯屯相当紧张、拘谨,出门时则心里懊恼、怨恨和羞愧。至于她为什么要去辞行，我们不得而知，我们只知道他们似乎是兄妹关系，但两个人的关系却很淡漠，隔膜得很。这就是第一部分。从屯屯的眼中，我们得出的印象是，桂二奎冷漠、理性、克制且官气十足。但事实如此吗？并不尽然。这是我们从屯屯这一视角人物得出的印象。一旦转入桂二奎的视角，我们发现，他内心的波动和矛盾，并不比看似感情外露的屯屯更弱。他看起来冷漠，其实内心情感丰富。只是因为他擅长表演和懂得约束自己，即所谓适可而止。他懂得外露的感情和需要隐藏的感情的区别，外露的是展现给他人看的，而隐藏的则专属于自己，需要小心呵护或独自承受。那么到底是什么造成了他这样一种“分裂”的性格呢？这些都与他的身世之谜有关。他并非朝夕相处的父亲所亲生，他的生父另有其人，这个人是远在北疆的陶子晟，也是屯屯的父亲。家庭的丑闻，阻止了他进一步靠近同父异母的妹妹，相反，却是尽一切可能地疏远和淡漠：他甚至利用手中的权力把屯屯放逐到他下辖的一个邮政所。小说的开头，就是在这样一种疏远、淡漠的兄妹关系的背景下展开叙述，我们不明所以，但又充满好奇，而叙述者却似乎想要吊足我们的胃口，正所谓欲擒故纵，偶尔透露揭示秘密的蛛丝马迹，但更多的时候是说一半藏一半，小说叙述正是在这种半明半暗的叙事进度中向前推进。故事的起承转合，在桂二奎从数千里之外来到屯屯的父亲也就是他自己的生父的病床前，才彻底揭开。

显而易见，尹学芸很会讲故事。一个秘密，或者说包袱，若隐若现，直到最后才抖落，这种抖落是与感情的发酵和升温彼此关联的。感情达到一定程度，秘密也就顺理成章地解开。但若以为尹学芸只是在讲述一个略显老旧的故事，那显然是误解作者了。尹学芸的小说之所以特别打动人心，除了作者会讲故事外，还与小说中弥漫其间、呼之欲出的历史感密不可分。这在她的其他小说,诸如《李海叔叔》等中都有体现。尹学芸无意去重写历史，她并没有这方面的冲动，她只是借历史作为背景以此来表现人与人之间的关系。在她那里,人与人之间关系的厚度和深度，仅仅在现实的维度上是无法完全展现的。人与人之间的关系只有置于历史的纵深脉络里，凭借岁月和阳光的交融打磨,使其彰显,持续发酵,然后醇厚与劲道尽显。在她那里,历史虽然可能是无情的甚或坚硬的、生冷的,充满着血与泪、苦和痛,但也正是这种沉重和它的不可化约，才更加凸显出人与人之间看似冷淡实则暗潮涌动着的感情的重量。她立意要从历史深处打捞出人与人之间的情感的来路与去路，从这个角度看，她的野心不可谓不大。

这种历史感表现在《补血草》中，是父子两代人之间的隔膜、不解与和解的情感架构。桂二奎不仅对生父有隔膜，对其养父（名义上的父亲）也始终充满敌意和审视。这种隔膜的存在，客观上成为横亘在现实和历史之间的不可跨越的桥梁：他无法理解父亲（不论是生父还是养父）的一切，自然也就无法理解父亲浸染其中的历史。父辈响应国家“支边”的号召远赴新疆“建设新疆”，其中饱含的太多艰辛、不堪与无奈，是他们所无法想象也无法理解的，更不用说还涉及三个家庭之间的感情纠葛，正所谓剪不断理还乱。历史的沉重与凝重和父辈之间感情的粗粝与质直相交织，这种混沌和鸿蒙是子辈所无法体会也不可能理解的。其集中表征和象征就是存在于他们心中的打幡情结——死后一定要有儿子打幡，否则死不瞑目。这样一种充满蛮横气息的“陋俗”和执念，其彰显出来的是“第一代支边人”不甘且无悔的悲情。小说最后桂二奎在父亲葬礼上的一声“爸爸，一路走好”，其所显示出来的是以亲情作为纽带所实现的历史和现实的和解。可见,这篇小说虽然写的是亲情,但使其显得厚重的,却是历史。是现实深处的历史,使得这部小说显得格外苍凉和浑厚,看不到这点,便可能是对尹学芸这篇小说的误读。